ro
ro
ro

Janwillem van de Wetering wurde am 12. Februar 1931 in Rotterdam geboren. Statt Wehrdienst zu leisten, wurde van der Wetering Hilfspolizist und ließ sich von dieser Erfahrung dazu inspirieren, Kriminalromane zu schreiben. Er zählt zu den bedeutendsten Kriminalautoren des 20. Jahrhunderts. Seinen weltweit größten Erfolg feierte er mit dem Roman «Massaker in Maine» (1979), für den er 1984 den französischen Literaturpreis Grand prix de littérature policière erhielt. Neben seinen Kriminalromanen schrieb van de Wetering Bücher über den Buddhismus wie «Der leere Spiegel» (rororo 14708), entstanden nach einem einjährigen Aufenthalt in einem Zen-Kloster in Kyoto. Außerdem verfasste er Kinderbücher. Janwillem van de Wetering verstarb im Alter von 77 Jahren am 4. Juli 2008 nach langer Krankheit.

Im Rowohlt Taschenbuch Verlag liegt außerdem «Reine Leere» (rororo 22901) vor.

Janwillem
van de Wetering

Der Freund, der keiner war

Kriminalnovelle

Deutsch von Klaus Schomburg

Rowohlt Taschenbuch Verlag

Veröffentlicht im Rowohlt Taschenbuch Verlag,
Reinbek bei Hamburg, Dezember 2008

Die deutsche Ausgabe erschien erstmals 2005
unter dem Titel «Die entartete Seezunge»
im Europa Verlag, Leipzig
Umschlaggestaltung any.way, Hannah Krause
(Foto: plainpicture / Deepol)
Satz aus der Aldus PostScript, InDesign,
bei Dörlemann Satz Lemförde
Druck und Bindung CPI – Clausen & Bosse, Leck
Printed in Germany
ISBN 978 3 499 24797 2

Es kam alles zusammen, als er die Leute vom World Trade Center springen sah. Die Leute waren kleiner als die Soldaten der Luftwaffe, die einst Bomben auf sein Haus fallen ließen. Das war eine Weile her, zu Beginn des Zweiten Weltkriegs, aber es geschah wieder, jetzt, da er die Menschen in den Tod springen sah. Er sah das zweite Passagierflugzeug in den zweiten Turm fliegen. Das erste Flugzeug, das den ersten Turm traf, hatte er nicht gesehen, aber er hörte den dumpfen Aufprall und sah die am Himmel reflektierten Flammen, gefolgt von sich türmenden vielfarbigen Wolken, grausig schön mit ihren purpurnen, grauen und rosa Schattierungen.

Seltsamerweise machte die Katastrophe ihn hungrig, oder vielleicht doch nicht seltsamerweise, denn dies war ein folgenschwerer Augenblick, der nach Konsequenzen verlangte. Und er war nicht einfach nur hungrig. Was er jetzt brauchte, war gebratene Seezunge, nichts anderes würde genügen. Und, bitte, nicht irgendeine Seezunge. Was er vor Augen hatte, war ein großer Fisch, dessen Kopf und Schwanz über die längliche Platte hingen. Keine Beilagen, nichts, was von dem herrlichen, sorgfältig zubereiteten Exemplar ablenkte. Ja, nur die Seezunge selbst, goldbraun, Flossen, Kopf, Schwanz und alles fachmännisch gebraten bis zu dieser köstlichen Knusprigkeit, die zwischen seinen Zähnen knirschen würde.

Verlockende Farben ließen ihm zusätzlich das Wasser im Mund zusammenlaufen. Das frische Gelb dünn geschnittener Zitronen. Die Zitronenscheiben waren dekorativ über den Rücken der Seezunge verteilt, oder über ihre Seite – schwer zu sagen bei einem Grundfisch, der beide Augen auf einer Seite des Kopfes hat. Und noch eine andere Farbe, Grün, das helle Grün der Petersilie, Minuten zuvor vom Koch persönlich im Küchengarten ausgewählt. Der Koch, in tadellosem Weiß natürlich, mit einer hohen Chefkochmütze über den rosa Wangen, hackte die Petersilie, während der Fisch in einer gusseisernen Pfanne brutzelte.

All diese Details waren von Bedeutung, sie hatten mit prägenden Ereignissen zu tun, wie zum Beispiel dem Abendessen an dem Tag, der Rotterdam in ein Flammeninferno verwandelte, dem 10. Mai 1940. Ein Tag, der wieder Jetzt war, am 11. September 2001, mit verrückten Arabern, die Flugzeuge mit amerikanischen Passagieren in amerikanische Gebäude lenkten.

All dies geschah im immerwährenden Hier und Jetzt, in dem Augenblick, in dem Vergangenheit und Zukunft sich begegnen, Tod und Geburt miteinander verschmelzen.

Er dachte an seine eigene Geburt, als man ihn Johan nannte, während sein Vater am Krankenbett seiner Mutter im Haus der Diakonissen gebratene Seezunge aß. Seine Mutter war religiös, protestantisch religiös, und Diakonissen waren protestantische Nonnen. Die Seezunge wurde von einer jungen Nonne in steif gestärkten Kleidern serviert, respektvoll, denn Mijnheer Halbertsma war Bankier. Rotterdam ist eine Geldstadt. Die Stadt an der Maas ist der Ort, an dem das meiste holländische Geld verdient wird, bevor es, wie man sagt, im Rest des Landes ausgegeben wird. In Rotterdam bekommt man, wofür man bezahlt.

Johan konnte nicht beweisen, dass die Seezunge am Krankenbett serviert wurde, er war damals erst zehn Minuten alt. Vielleicht war das Ereignis eine Legende. Zehn Jahre später, als der zehnjährige Henri als Johans Bruder angenommen wurde, aß die Familie, nun als Quartett, ebenfalls gebratene Seezunge im Art-déco-Speisezimmer der Halbertsma'schen Villa im 's Gravendijkwal Nr. 59, einer mit jahrhundertealten Platanen gesäumten Prachtstraße. Tatsache diesmal. Keine Legende. Johan erinnerte sich deutlich an das Ereignis. Prägend, außerordentlich. Was hatte die Familie fünf Jahre später an dem Tag zum Abendessen, als es galt, ein weiteres prägendes Ereignis zu feiern, als nämlich Henri seinen Nachnamen offiziell in Halbertsma änderte? Gebratene Seezunge.

Und fünfzehn Jahre später aßen Johan und Henri wieder Seezunge, nicht lange bevor Henri von Johan ermordet wurde.

Korrektur – Mord war vielleicht nicht der passende Ausdruck. Wie wäre es mit Totschlag? Es hatte keinen Vorsatz gegeben. Johan hatte sich nicht hingesetzt, Aussagen abgewogen, das Beweismaterial studiert, seinen Bruder zum Tode verurteilt und ihn dann umgebracht. Vielleicht lautete die Anklage nicht einmal auf Totschlag, «Tod durch grobe Fahrlässigkeit» könnte passender sein oder besser noch «Tod durch Unterlassung». Möglich, dass Johan in der Lage gewesen wäre, Henri zu retten. Dass er seinen Bruder aus dem Fluss auf die Plattform hätte ziehen oder den Unglücklichen, dessen Fuß sich in der Schlinge einer Stahltrosse verfangen hatte, hätte befreien können, damit er mit der Strömung schwimmen, irgendwo flussabwärts ans Ufer klettern, nach Hause humpeln und einen heißen Toddy trinken konnte.

Tod durch Unfall?

Nun ja, philosophisch betrachtet gewiss. Diese beiden Freunde, diese beiden besonderen Menschen, dieses auserwählte Paar, diese beiden Supermänner, genannt Henri und Johan, glaubten fest daran, dass, was auch immer geschieht, durch Zufall geschieht. Da sie in einem weder guten noch schlechten, sondern rein zufälligen Universum lebten, wie konnten sie da für Handlungen verantwortlich gemacht werden, mit denen sie nichts zu tun hatten?

Während Johan beobachtete, wie die Zwillingstürme brannten und allmählich auseinanderfielen, ihre äußere Haut aus Glas und Stahl verloren, die herabglitt, als entblößte eine schöne Frau ihre langen Beine, indem sie langsam ihre Strümpfe hinunterrollte, fragte er sich, warum er sich gleichzeitig in einem Rotterdamer Gerichtssaal sah. Und warum die gebratene Seezunge. War dies ein weiterer Moment der Veränderung? Wieder ausgelöst von stupider Gewalt?

Er konnte die Wut spüren, die von damals und die von heute. Mehr Wut als Angst. Die Junkers 52, ein altmodisches Flugzeug, das sogar früher, in den dreißiger Jahren, überwiegend im Frachtverkehr eingesetzt wurde, aber für gut genug erachtet wurde, das wehrlose Rotterdam zu zerstören, rumpelte dröhnend dahin. Als das schwerfällige Flugzeug über das Halbertsma'sche Haus flog, glitt eine Seitentür auf. Zwei Soldaten der Luftwaffe beugten sich hinaus und feuerten Brandbomben auf Johan und Henri.

«*Gott sei mit uns.* Zwei unfreundliche Käseköpfe da unten, Heinz. Triff den mit den dicken Brillengläsern.»

«Nimm den linken Turm, Mustafa. *Inschallah.*» (Inzwischen riefen die Leute: «Arabische Terroristen!», als sie an Johan vorbeirannten. «Muslime!»)

Heinz verfehlte Johan. Mustafa verfehlte Johan sechzig Jahre später. Johan und Henri aßen gebratene Seezunge nach dem ersten Fehlschuss.

Wie unnötig all diese Unannehmlichkeiten waren, dachte Johan Halbertsma, und wie dringend er jetzt gebratene Seezunge essen musste, obwohl es nichts zu feiern gab außer der Dummheit des Menschen, seiner unübertrefflichen Beschränktheit. Wieder der Konflikt zwischen hausgemachten relativen Werten.

Gier und Angst, die sich selbst bewaffneten. Hirnloses gegenseitiges Köpfeeinschlagen.

Moral im Kampf gegen Moral, wie dumm.

Fundamentalismus gegen Fundamentalismus, wie unglaublich dämlich.

Lange bevor die Luftwaffe Rotterdam bombardierte, lasen Johan und Henri Nietzsche – in einer Philosophieklasse, die der Direktor des Grotius-Gymnasiums, Dr. Elias Finkelbaum, unterrichtete. Beide Jungen waren von Nietzsches Idee, sich über Gut und Böse zu erheben, begeistert.

Bevor sie ihre Hausaufgaben machten (das Schreiben eines Aufsatzes über Unmoral kontra Amoral, über das Böse kontra Unbeteiligtheit), diskutierten die Jungen die Möglichkeiten.

Dr. Finkelbaum hatte gesagt, sie seien nicht zu jung, um sich mit dem grundlegendsten Problem der Schöpfung zu befassen. Im Gegenteil, Teenager seien bekannt für ihre klaren Einsichten, die, so sagte der Direktor, unter dem elterlichen Druck und der allgemeinen geistigen Verschmutzung aufgrund der Notwendigkeit, sich anzupassen, leider oft wieder verloren gingen.

Henri, der sich eine Zigarette rollte – die Brüder hatten gerade das Rauchen entdeckt –, sagte, dass Gewalt als ein Aspekt des Bösen, der Unmoral (wie bei der Selbstüberhebung), aber nicht der Amoral (wie beim Unbeteiligtsein) zwar unnötig sei und die Qualität des menschlichen Lebens beeinträchtige, jedoch unvermeidbar sei, weil die Menschen falsch programmiert wären. Das menschliche Ich, die treibende Kraft menschlichen Verhaltens, sei egoistisch. «Das Gute für mich, zur Hölle mit dir – du weißt, wie es geht, Johan.»

Henri nannte die Chibcha, einen Stamm im nördlichen Südamerika, als Beispiel. Die heutigen südamerikanischen Einheimischen würden sich über unnötige spanische Gewalttätigkeit beklagen, doch wären die Chibcha, nachdem die Konquistadoren die meisten der Eingeborenenkrieger getötet hatten, bereit gewesen, einen Krieg unter Chibchas anzufangen, denn sie hatten Strategie und Disziplin gelernt und überlegene Waffen (Speerwerfer) erfunden. Fertigkeiten, die der spanischen Taktik und Feuerkraft leider immer noch unterlegen waren.

Der Punkt? Johan wollte wissen, was der Punkt von alldem war.

«Nun, versuch bitte zu verstehen, Bruder, dass wir nicht ohne Gewalt auskommen können. Sie ist ein Teil der Programmierung. Wenn Nietzsche die Theorie vertreten möchte, dass die Möglichkeit der Amoralität besteht, dass wir aus der Dualität von Gut und Böse herauskommen können, was dasselbe ist, nur von verschiedenen Standpunkten aus betrachtet: Was gut für dich ist, ist schlecht für mich, dann fahr du zur Hölle, und alles Gute für mich, okay …? Wenn Nietzsche also sagt, dass wir uns vom kleinlichen Denken befreien können, dann geht er über die normalen Leute hinaus. Weil die normalen Leute, wie zum Beispiel Chibcha-Generäle oder die spanischen Kolonialpriester, vom kleinlichen Denken nicht loskommen können.» Henri beugte sich vor, blies Rauch in Johans Gesicht, tätschelte ihm die Schulter, als er zu husten anfing. «*Niemals.*»

Gewalt, sagte ihnen Nietzsche, sei eine Tatsache des Lebens. Der Dualität. Der Moral kontra Unmoral. Der Art und Weise, wie die Menschen programmiert sind. Gewalt ist gut und schlecht, gibt dem Prinzip der Vergeltung Raum. Ich kämpft gegen Ich. Viele kleine Ichs gegen viele kleine Ichs. Normale gegen Normale.

Also, erklärte Henri, statt dass Chibcha Chibcha ermordeten, ermordeten die Spanier die Chibcha, sehr effizient, wenn man die damalige Technologie bedenke. Donnerbüchsen und so weiter, ein paar Eisenkugeln feuernde Kanonen. Jetzt, in den frühen dreißiger Jahren, gebe es Flugzeuge. Senfgas. Landminen. Panzer. Maschinengewehre.

Chibcha. Merkwürdig, dachte Johan, dass er sich jetzt, zu Beginn des dritten Jahrtausends, während die Zwillingstürme brannten, an den Namen eines präkolumbischen Stammes erinnerte. Langzeitgedächtnis, in der

Tat, dabei konnte er sich heute nicht mehr an die Namen von Leuten erinnern, die er am Tag zuvor getroffen hatte.

«Chibcha waren blutrünstige Kerle», sagte Henri, immer noch seinen Punkt verdeutlichend. «Sie töteten Kinder und verspeisten sie vor den Augen ihrer Mütter, und anschließend vergewaltigten sie die Mütter.»

Was natürlich Unsinn war. Henri wusste nichts über die Eroberungsmethoden der Chibcha. Alles, was er an jenem Tag von Fräulein Krompen, der Geschichtslehrerin – einer stämmigen Lesbierin, die Schnallengürtel und Stahlkappenschuhe trug und eine winzige Freundin namens Mignon hatte, die sie zu Schulfesten mitnahm, um die Jungen zu beeindrucken –, gelernt hatte, war, dass die Konquistadoren nicht die einzigen schlechten Kerle waren. Oder überhaupt schlechte Kerle.

Einfach normale Kerle.

«Menschen sind alle normale Kerle», sagte Henri zu Johan. Er lachte. «Außer, wenn sie amoralisch werden. Das Normengefüge verlassen.»

«Was wir nicht können?», fragte Johan. «Sagtest du nicht, dass Nietzsche sich irrt, wenn es heißt, wir sollten uns von den Normen befreien? Von der Dualität? Von Begrenzungen? Denn da wir kleinliche Kerle und falsch programmiert sind, können wir das nicht, oder?»

«Nicht *wir* können das nicht, Johan. Sie!», rief Henri. «*Sie* können das moralische Gefüge nicht verlassen. Du weißt jetzt, wer sie sind.» Henri klopfte auf sein Notizbuch. «Die normalen Leute. Die Untermenschen. Neunundneunzig Komma neun Prozent der Menschheit», sagte Henri. «Das ist traurig, aber unser Nietzsche hier deutet an, dass es höhere Menschen, Übermenschen geben könnte.» Er machte eine dramatische Pause. Senkte seine Stimme zu einem Flüstern. «Weißt du, Johan, wer diese Superkerle sind?»

Johan hatte es begriffen. «Du und ich?»

«Genau», sagte Henri. «Die Superkerle sind wir. Und weißt du, was wir Superkerle tun können?»

«Alles, womit wir davonkommen?»

«Absolut alles.» Henri wedelte die Begrenzung weg. «Laut Nietzsches Definition. Und weißt du, wohin uns das bringt? Nein? Zur Unendlichkeit. Und glaubst du, das ist alles?» Henri lachte. «Nein, Johan, als Supermänner wird uns das über die Unendlichkeit *hinaus* bringen.» Henri sprach jetzt ruhig, feierlich nickend, präzise gestikulierend, als wolle er Decke und Wände des Zimmers durchdringen. «Zur Unendlichkeit und darüber hinaus.»

Henri kam erneut auf das Thema zu sprechen, als im Mai 1940 Rotterdam brannte, nur drei Straßen von der Halbertsma'schen Villa entfernt. Niederländische Soldaten flippten aus, als die Junkers 52 über ihre Stadt flogen – wie damals die Chibcha-Soldaten angesichts der gepanzerten, von wiehernden Pferden gezogenen Streitwagen. Die gleiche unnötige Gewalttätigkeit, aber ein anderer Zeitrahmen.

Das Böse habe nichts mit den Chibcha-Generälen, Cortez oder Hitler zu tun. Das Böse habe etwas mit dem Drang des Gruppenegos zur Vermehrung und der Übernahme des Lebensraums von Mitmenschen zu tun.

«Aber», sagte Henri, «du und ich, Johan, wir gehören zu den wenigen Auserwählten, die das moralische Gebäude, das furchtsame Untermenschen errichtet haben, um ihre kleinlichen Interessen zu verteidigen, ignorieren können.» Er deutete auf eine Junkers, die schwerfällig nach Osten abdrehte, um nach Hause zu fliegen und mehr Bomben zu holen.

«Siehst du, worauf ich hinauswill, Johan?»

Habe ich ihn gezwungen, Farbe zu bekennen? Johan dachte nach, während er in Richtung seines Penthouse in Uptown Manhattan ging und – gelegentlich hustend und auf das brennende World Trade Center zurückblickend – nach gebratener Seezunge Ausschau hielt. Manchmal blieb er stehen, um sich auf seinen Spazierstock zu stützen, seine staubbedeckten Brillengläser zu reinigen. Habe ich ihn deshalb umgebracht?

Vielleicht, dachte Johan, habe ich Henri getötet, um mich von dem Druck zu befreien, den seine Arroganz und meine Ignoranz erzeugt hatten.

Wenn Henri doch jetzt hier wäre.

Henri hätte eine bessere Lösung für den jüngsten Konflikt zwischen zwei unterschiedlichen, von Egoismus getriebenen Moralsystemen gefunden. Eine einfache Lösung.

Wie wäre es, wenn man fette Leute umbrächte? Fette, überernährte Leute. Fette Amerikaner, als warnendes Beispiel für den Rest der menschlichen Welt.

Tötet fette Leute.

Die Hungrigen der Dritten Welt hassen die Überernährten der Ersten Welt? Ziele gefällig? Einer von fünf Amerikanern ist fettleibig.

Die Vorstellung enthielt ein ausgleichendes Moment, sagte Johan zu Johan. Seine beiden Frauen wurden auch irgendwann fett. Gertenschlanke Typen, als er sie heiratete, Birnen, als sie ihre groteske Form annahmen. Die eine war Diabetikerin, die andere litt an einem schweren Emphysem, und die Fettleibigkeit hatte es nicht besser gemacht.

Henri hatte recht – vom Standpunkt eines Terroristen natürlich. Johans Lösung wäre allgemeiner. In Übereinstimmung mit Nietzsches Auffassung, dass die Menschheit ein misslungenes Experiment sei, würde er alle sterilisieren lassen: Eine Generation warten, und das Problem wäre gelöst. Henri war direkter als Johan, unmittelbarer engagiert. Und weißt du *was*? Selbst Amerikaner würden sympathisieren. Niemand mag fette Leute. Schon mal jemanden im Flugzeug neben dir gehabt, der über dich drüberquoll?

Johan Halbertsma ging weiter, ein würdevoller alter Herr, zartgliedrig, aber immer noch gut in Form, einen Rattan-Spazierstock mit Goldknauf schwingend, volles weißes Haar unter einem Panamahut, tadellos frisiert, in einem Dreiteiler von Armani und Slipperstiefeln von L.L.Bean.

Die Stiefel perfekt poliert.

Teil des Supermann-Lebensstils, den Henri erfunden hatte. Den amoralischen Stil.

Nichts sein, viel scheinen.

Henri und Johan, als Gymnasiasten mit dem Rucksack im Schwarzwald unterwegs, hatten einen Besucher in ihrem Zeltlager. Der Landstreicher trug Lederhosen, graue, von quastengeschmückten Gummibändern gehaltene Stricksocken, eine graue Filzjacke mit grünem Samtkragen, einen Hut mit Feder. Eine insgesamt ziemlich schäbige Kleidung, doch die Jungen achteten nur auf die Stiefel des Landstreichers, die perfekt poliert waren. Der Landstreicher bat um ein Streichholz, um sich seine Pfeife anzuzünden, blieb zum Abendessen, trank den Jungen das meiste Bier weg und ließ Johans Geldbörse mitgehen.

Henri war gehobener Stimmung, nachdem er den Landstreicher verfolgt und Johans Eigentum zurückerobert hatte. «Ein Übermensch.»

«Ein betrunkenes Arschloch», sagte Johan.

«Zum Teil», meinte Henri.

«Der Herr Landstreicher», sagte Henri zu Johan, «hat sich von der bürgerlichen Moral befreit, wenn auch noch nicht ganz. Trotzdem verhilft ihm seine teilweise Freiheit zu der Disziplin, sich die Stiefel zu polieren und seinen Vorteil zu nutzen. Mehr scheinen als sein.»

«Und das ist gut?», fragte Johan.

Henri seufzte. «Bitte, keine oberflächlichen Wertungen.» Er klatschte in die Hände. «Pass auf. Erinnere dich, wie du mich kennengelernt hast. Als ich dich vor den Rowdys rettete. Die Gelegenheit war damals günstig, aber ich musste bereit sein, sie zu nutzen. Ich war bereit. Ich sah ordentlich genug aus, dass du mich zu dir nach

Hause mitnehmen konntest, sodass ich mit deinen Eltern gebratene Seezunge essen …»

«Du hast das alles inszeniert?», fragte Johan. «Rowdys, Seezunge, Adoption? Bitte …»

«Intelligenz», sagte Henri, «macht optimalen Gebrauch von den Umständen.»

«Für wen?»

«Für mich, Übermensch.» Henri schüttelte den Kopf. «Hast du auch nur eine Ahnung, wie schwer es war, in dem Höllenloch meiner Eltern sauber zu bleiben? Wo man in einen Eimer scheißen musste? Wo jeder betrunken, krank war?» Er grinste. «Und ich bügelte meine Hosen. Wie ist das als Herausforderung?»

Johan starrte in ihr Lagerfeuer. «Du warst ein Übermensch, bevor du Nietzsche kanntest.»

«Du auch.» Henri warf mehr Holz ins Feuer, tanzte darum herum, setzte sich wieder. «Wir brauchten nur jemanden, der es uns sagte.» Er lachte. «Es wird einsam auf dem Gipfel, weißt du.» Seine Lippen streiften Johans Wange. «Ich bin froh, dass ich dich gefunden habe.»

Johan hatte Glück. *Chez Cheh*, ein unscheinbares Lokal an der Upper West Side, klein, aber elegant, war zwar geschlossen, öffnete jedoch, als er an die Tür klopfte.

«Die Seezunge, bitte, meine Liebe.»

Chehs Frau Julia bediente. Cheh brachte einen Fernseher aus der Küche herein, damit sie alle drei zusehen konnten, wie die Twin Towers in sich zusammenfielen.

«Das hört nie auf.» Julia weinte, als sie Johan von ihrem Leben auf einer kolumbianischen Farm erzählte.

Banditen hatten ihre Eltern erschossen, ihre Schwester vergewaltigt, das Schwein geschlachtet und gegessen. Julia war entkommen und von der Armee vergewaltigt worden.

Cheh war in Argentinien gefoltert worden. Er zeigte Brandmale auf seinen Armen. Er nickte der Zerstörung auf dem Bildschirm zu. «*Y ahora eso.*»

«Und jetzt das», sagte Johan, während er an die Soldaten der Luftwaffe dachte, die Bomben aus Frachtflugzeugen fallen ließen, und an Rotterdamer Lagerhäuser, die in orangefarbenen Flammen aufgingen und in denen Hunderte Tonnen Kaffee und Tabak mutwillig geröstet wurden und dabei einen köstlichen Duft verbreiteten, während brennende Menschen auf Hafenkais rannten, stolperten, starben.

Als Julias Haus brannte und Cheh aus einem argentinischen Gefängnis floh, befanden sich Johan und Henri auf der Veranda hinter dem Halbertsma'schen Haus, nachdem sie die Mädchen Martel und Kaetie in die Küche zurückgeschubst hatten. Henri trug einen Stahlhelm, der zu seiner Polizeiuniform gehörte; Johan trug einen Kochtopf, der mit einem Handtuch ausgelegt war. Eine Bombe fiel in den Garten, ein Blindgänger. Die Steuerflossen ließen sie wie einen Fisch aussehen. Auf der Straße auf der anderen Seite des Hauses lagen tote Soldaten, erschossen von niederländischen Nazis. Tote niederländische Soldaten. Und tote deutsche SS-Truppen im Hafen. Die Deutschen waren plötzlich aus Frachtbarkassen im Rotterdamer Hafen aufgetaucht, noch bevor der Krieg erklärt wurde. Königliche Marinetruppen trieben sie zurück. Hitler befahl, die Stadt zu bombardieren:

zuerst den Hafen, dann die Innenstadt. Seine Junkers-Maschinen kreisten geduldig über ihrem Ziel, völlig ungefährdet, denn die niederländische Luftwaffe ließ sich nie blicken.

«Wenigstens hatten wir ein paar Helden», sagte Johan später.

«Wen?», fragte Henri.

«Die Königlichen Marinesoldaten.»

«Bitte …» Henri zog die dänische Strategie vor. Dänemark hatte der Wehrmacht die Tore geöffnet. Warum einen Krieg führen, den man nicht gewinnen kann? In Dänemark hatte es keine Zerstörung gegeben. «Wieder Werturteile. Erwache aus deiner Illusion, Johan. Heldentum bedeutet Gutsein im Gegensatz zum Bösesein. Du willst darüberstehen. Wenn du urteilen willst, beurteile die Umstände. Strebe nach dem optimalen Gebrauch dessen, was sich bietet. Sieh zu, dass deine Schuhe gut poliert sind, verschaffe dir Respekt, passe dich den Gewinnern an.» Henri machte den Nazigruß.

«Ein Verräter sein?»

«Tu so, als ob», sagte Henri. «Wenn du kein Verlierer sein willst. Es gibt einen Ort für Verlierer. Schon mal von Buchenwald gehört?»

Henri war unterwegs. Es gab Arbeit zu erledigen. Hilfsinspektor Henri Halbertsma fuhr in einem Polizei-Lkw mit Sperrholzrahmen und Zweitaktmotor herum, wich lodernden Häusern aus, nahm Plünderer fest und ließ sie wieder laufen, rettete Menschen, brachte sie zu Orten, die ebenfalls Feuer fingen. Ein paar Mal am Tag kam er nach Hause, um etwas zu essen, ein bisschen zu schlafen. Vater Halbertsma sah aus dem Fenster, schlürfte

Genever, sorgte dafür, dass seine Frau ihre Schlaftabletten bekam. Die Familie schlief vollständig bekleidet. Die Mädchen schrien in der Küche, ließen Teller fallen, fegten Scherben zusammen. Johan, der wegen seiner schlechten Augen nicht für den Militärdienst geeignet war, übersetzte einen Nietzsche-Aufsatz, *Über Wahrheit und Lüge im außermoralischen Sinne,* den er in seine Remington-Schreibmaschine hämmerte, während immer mehr Bomben auf die Stadt fielen.

Während einer Entwarnung, angekündigt durch einen einzelnen Sirenenton, suchte er Herrn Levys Fischladen auf. Der alte Jude schüttelte den Kopf, als er die Tür öffnete. «Seezunge? Du machst Witze.»

Aber er hatte keine Witze gemacht. Eine Seezunge hätte die Routine durchbrochen.

«Ihre Seezunge, Johan», sagte Julia. Sie war eine wunderschöne Frau. Teils indianisch, teils schwarz, teils jüdisch. Spanische Juden, die während der Inquisition nach Kolumbien emigriert waren, wussten, dass spanische Priester auch in der Lage wären, die Kolonien zu kontrollieren. Deshalb gaben die jüdischen Einwanderer ihren Glauben auf, assimilierten sich, änderten ihre Namen, beteten zu Jesus.

Henri, dachte Johan, hätte das gefallen. Alles aufgeben und gewinnen. Henri hatte seinen Namen und seinen Titel aufgegeben. Aus dem hungernden adeligen Henri van Nyenrode tot Maarssen mit Anspruch auf den Titel Ridder wurde ein glücklicher, wohlgenährter, bürgerlicher Henri Halbertsma.

Der Titel Ridder geht auf das Mittelalter zurück. Johan assoziierte den Begriff mit weißen Rittern auf steigenden

Pferden, die junge Fräulein mit Brustansatz vor schwarzen Rittern auf steigenden Pferden retteten.

Henri zeigte Johan Illustrationen aus *Alice im Wunderland*. Moralische Clowns in pathetischer Rüstung, die aufeinander einschlugen, um ein wackliges System gängiger Werte aufrechtzuerhalten.

Julia setzte sich zu Johan, teilte mit ihm seine teure Flasche Wein. Gewöhnlich brachte Johan Freundinnen mit ins *Chez Cheh*, die er über einen Vermittlungsdienst fand, bei dem er sich als Begleiter für einsame ältere Frauen anbot – für ein Abendessen, einen Kinofilm, ein Theaterstück, einen Besuch im Jazzclub. Geteilte Kosten. Keine sexuellen Absichten. Sein Alter nannte er nicht, aber es gab Fotos: Johan auf seinem Boot in Maine, Johan im Central Park, Johan vor dem *Chez Cheh*, Johan Arm in Arm mit Cheh und Julia.

Nie nahm er eine der Damen in sein Penthouse mit. Sie bemühten sich, dorthin eingeladen zu werden, eine jüngere Witwe bot sogar leichten altersgerechten Sex an, mit der Hand, mit dem Mund, doch er berief sich auf Impotenz, erwähnte Prostataprobleme.

«Nein, vielen Dank, meine Liebe. Tut mir leid.»

Vielleicht hätte er es geschafft. Die Witwe sah nett aus. Viagra hätte helfen können. Unglücklicherweise war die Witwe Österreicherin. Als Johan ihren Akzent bemerkte, sah er Nazitruppen den 's Gravendijkwal entlangmarschieren. Die Straße war als Schutz gegen den Einmarsch fremder Mächte gebaut worden. Sie kamen trotzdem. Die Spanier im späten Mittelalter. Die Franzosen im neunzehnten Jahrhundert. Die Besatzungstruppen, die jetzt einmarschierten, seien keine Deutschen, hatten Martel und Kaetie Johan erzählt, sondern Österreicher. Hör nur, wie sie singen: UND WIR FAHREN, FAH-HREN, GE-GEN EN-GE-LAND.

Warum gegen England fahren, fragte Martel. Warum nicht mit England? Mit Holland? Martel fand, alle Nationen sollten sich vertragen, schließlich seien sie zusammen auf der Erde.

Johan gratulierte Cheh und Julia zu ihrer Kochkunst, zu der Art, wie sie den prächtigen, schmackhaften Fisch zubereiteten. Eine Kolumbianerin, ein Argentinier und ein Holländer in New York, die nett zueinander waren. Keine Grenzen mehr.

Wie im modernen Europa, wo die Deutschen und die Holländer nett zueinander waren – holländische Regimenter unter deutscher Leitung fuhren französische Panzer mit italienischen Motoren. Machten optimalen Gebrauch von den neuen Umständen, und jetzt fahren wir gegen wen? Gegen ein paar Terroristen in einem Hotel in Portland, Maine?

Was tun wir jetzt, Henri? Um uns über die Dualität zu erheben? Um richtig amoralisch zu sein? Um völlig unbeteiligt zu sein? Um Übermenschen zu sein, die sich so gut wie möglich amüsieren und die gegebenen Tatsachen maximal nutzen?

Hast du der menschlichen Konfusion nicht eine weitere schlechte Idee hinzugefügt?

Johan konnte Henris Hände winken und dann das rostige Seil, das seinen Fuß festhielt, greifen, packen, umklammern sehen. Henri, betrunken, manisch, Einsichten brüllend. Er versuchte seinen Körper, der über der schnell dahinfließenden Nieuwe Maas baumelte, anzuheben. «Johan! Hier bin ich, jenseits von Gut und Böse.»

War Henri jemals jenseits von irgendetwas gewesen? Und wenn ja, war Johan neidisch auf Henris Flucht in die Leere?

Das war allerdings eine berechtigte Frage.

Wie geht es Ihrer Gesundheit, Señor Johan?» Cheh hatte den Ton des Fernsehers abgestellt und seinen Blick abgewandt von immer neuen Szenen des zusammenstürzenden World Trade Center und von verzweifelten Menschen, die halb erstickt vom Rauch auf die Kamera zuliefen. «Ihre Prostata?» Er deutete auf Johans Schritt. «War die Operation erfolgreich? Schon wieder aktiv geworden?»

«Kaum der Rede wert», erwiderte Johan.

Cheh lächelte mitfühlend. «Denken Sie daran?»

«Oh ja», sagte Johan und dachte, dass er immer daran denken würde, solange hübsche Frauen auf der Fifth Avenue herumspazierten.

«Arthritis?»

Johan schnitt eine Grimasse.

«Schmerzen?»

«Verdammte Hüften», sagte Johan.

Cheh schüttelte Pillen aus einer kleinen Silberdose. «Stark. Man kaut sie. Gut. Wie Heroin. Keine Hüften mehr. Nimmt man zwei, kein gar nichts mehr.»

«Opiat?»

Cheh nickte und deutete auf sein Hinterteil. «*Consti-*

pado.» Er lächelte. «Keine große Sache. Warme Hafergrütze, Blaubeeren, *aceite de olivas.* Kann ich gleich machen, ja?»

Johan kaute die Pille und aß den Nachtisch.

Einer der Türme fiel in sich zusammen. In Rotterdam gab es zur Zeit der Bombardierung keine Hochhäuser. Er erzählte seinen Gastgebern, dass er vorhabe, seine Heimatstadt zu besuchen, aber dass es jetzt wohl kaum Transatlantikflüge gäbe.

«Nehmen Sie ein Schiff», sagte Julia. «Ich fahre mit Ihnen.»

Cheh füllte Johans Glas nach. «Meine Frau macht nur Spaß, Don Johan.»

Ein venezolanisches Frachtschiff, das in einer Woche von Baltimore aus in See stechen sollte, bot online eine Passagierkabine an.

«*Maria Magdalena*», die Stimme war sanft, sexy. Er spürte langes rabenschwarzes Haar seine Füße trocknen, aber es war der Name des Schiffs.

Die Frau entschuldigte sich wegen des hohen Fahrpreises, doch die Kabine sei luxuriös, die Verpflegung für Feinschmecker, und es gebe Aufenthalte auf Curaçao und dem winzigen Saint Eustatius, wo eine Barkasse ihn an Land bringen würde. Niederländische Inseln.

«Sie sind Niederländer, nicht wahr?», fragte die verschleierte Stimme.

Das war er.

Kreditkarte. Gültigkeitsdauer. Adresse. Ja. *Ja.* Johan wurde aufgeregt.

Sein Alter?

«Die *Maria Magdalena* hat keinen Arzt an Bord. Neunundsechzig ist die Grenze. Tut mir leid, Mr. Halbertsma. Wenn etwas passiert …»

Er ruhte sich eine Woche lang aus. Die Arthritis verschlimmerte sich. Chehs Pillen, die sein Arzt ihm nicht verschreiben wollte, die er aber über Cheh kaufte, der einen Lieferanten in Chinatown hatte, halfen, doch jetzt hatte er neue Schmerzen, im Rücken, und er hustete auch ein wenig. Eine Erkältung. Die Widerstandskraft nimmt mit dem Alter ab.

Es flogen wieder Flugzeuge.

Ihm ein One-Way-Ticket zu verkaufen sei ein Problem, sagte das Mädchen im Reisebüro, sie würde ihn den Behörden melden müssen. Nur Terroristen nähmen einen einfachen Flug.

«Ein Ticket mit offenem Rückreisedatum, bitte.»

«Sie können sich den Rückflug erstatten lassen», sagte das Mädchen. «Aber Sie wollen doch zurückkommen, oder?»

«Ich liebe Amerika.»

Seine Adresse gefiel ihr. Central Park West. «Aber Sie sind kein Amerikaner», sagte das Mädchen, seinen Pass und seine Greencard kontrollierend. «Warum nicht? Sie sind schon so lange hier.» Sie stieß einen Pfiff aus. «Fünfzig Jahre!»

Er entschuldigte sich, indem er auf den damit verbundenen Papierkram hinwies. Er sei faul gewesen.

Wieder in seinem Apartment, stieß er per Internetsuche auf das Hotel New York, das laut Homepage in den aufpolierten Räumen des ehemaligen Hauptquartiers der Holland-Amerika-Linie residierte.

Er erinnerte sich an das HAL-Gebäude, vielleicht einen viertel Kilometer flussabwärts von der Stelle, wo Henri ertrunken war. Er ließ sich ein Zimmer mit Blick auf den Fluss reservieren. «Teuer», sagte das Mädchen am Telefon. Ihm gefiel ihr Rotterdamer Akzent, den er selbst noch hatte.

Mit etwas Glück konnte er die Stelle vielleicht von seinem Zimmer aus sehen. Er sollte besser nicht vergessen, sein Fernglas mitzunehmen, damit er die Ereignisse der Vergangenheit betrachten, jenen Abend im April 1945, kurz bevor die alliierten Streitkräfte die Stadt von der deutschen Besetzung befreiten, noch einmal durchleben konnte.

Es blieben ihm noch ein paar Tage. Er hatte sich eine Bronchitis geholt, als er nach dem Anschlag auf die Türme in Richtung Uptown gegangen war, und hustete jetzt. Der Husten kam stoßweise, und er spuckte in sein Taschentuch. Grüner Auswurf, zum Teil transparent. So weit, so gut.

Der Portier, der die Lobby seines Apartmenthauses bewachte, bemerkte Johans Husten. «Passen Sie auf sich auf, Sir.»

Fieber ließ ihn im Fahrstuhl halluzinieren; ein Pizzajunge, der mit ihm fuhr, wurde zu Henri. «Erinnerst du dich», fragte Johan Henri, «dass du zu mir sagtest: Das Universum braucht mich, um zu existieren?»

«Das Universum braucht mich, um zu existieren, Sir?»

«Ich sprach nur mit mir selbst», erwiderte Johan.

«Das ist hinduistisch», sagte der Pizzajunge. «Ich weiß das. Ich bin aus Bombay. Das stimmt. Die Wahrheit ist schwer zu verstehen. Warum sollte ich ein Universum akzeptieren, das mich Pizza austragen lässt, während ich mit einer Göttin zusammenleben könnte?»

«Welcher Göttin?»

«Kali.» Der Junge lächelte lüstern. «Das weibliche Prinzip selbst.» Er legte einen Arm rechtwinklig an die Brust und verneigte sich. «Ich war in einem Kali-Tempel, Tausende von Jahren alt, lange vor Ihrem Christentum, Sir. Die Statue war eine mit Moos bedeckte Vagina.»

Henri wartete im Penthouse, das sich in ihr Junggesellenheim am Fluss, ein ehemaliges Lagerhaus, verwandelte, sobald Johan eintrat. Die Brüder, beide in den Zwanzigern, betrachteten einen Sonnenuntergang à la Rembrandt von der Ladeplattform hinter dem Haus. Deutsche Torpedoboote eilten flussabwärts, um den Kanal zu kontrollieren. Ein Rettungsboot aus Holz, von jungen Seeleuten gerudert, kämpfte gegen die Strömung. Die jungen Männer trainierten ihre Muskeln, während der Bootsmann, der das Ruder hielt, laut «Eins, zwooooo, eins, zwooooo» sang.

Johan und Henri waren betrunken, fühlten sich unbeschwert, von sich selbst befreit, nachdem sie gebratene Seezunge gegessen hatten.

«Dann ist all dies unsere Projektion?», fragte Johan. «Eine Illusion? Wie ein Film, den wir selbst produziert haben?»

«Und in dem wir Regie geführt haben. Du und ich», sagte Henri zu Johan, die Hand seines Bruders haltend und sie mit seiner hin und her schwingend. «Dieses Universum braucht *uns*, um zu existieren.»

Es klang nicht zu weit hergeholt, damals, als Alkohol ihren Geist von der Begrenzung des Egos befreit hatte – unter einem weiten türkisblauen Himmel, durch den sich ocker- und orangefarbene Linien zogen und der von goldenen Wolken eingerahmt war. «Überirdisch und wunderbar», sagte Henri, auf den riesigen Bildschirm deutend. «Guter Film, meinst du nicht auch? Mir gefällt, wie wir die Musik da hineinbringen.»

Die rudernden Seeleute unten auf dem Fluss sangen den Refrain zu ihrem Bootsmann.

«Jooooo ho. Jooooo ho.»

Die Brüder hoben ihre Gläser. «Auf zur Unendlichkeit», sagte Henri.

«Genau das», erwiderte Johan.

«Und darüber hinaus», sagte Henri.

«Der einzig mögliche Weg», bestätigte Johan.

«Zu-sam-men», intonierten sie gemeinsam, die Arme in die Seiten gestemmt.

Der einsichtsvolle Augenblick war vergangen, ihre Persönlichkeiten übernahmen wieder die Regie, der Dialog wurde unverständlich. Henri stolperte, fiel, starb, innerhalb einer Stunde.

Johan sah auf die Leiche, die von der Strömung des Flusses westwärts gezogen und von der Stahlseilschlinge um seinen Fuß festgehalten wurde. Es sah aus, als würde er schwimmen.

Vielleicht war Henri ein Mann der Zukunft gewesen, die nach seinem Tod nicht mehr das war, was sie einmal zu sein schien, überlegte Johan.

Zur Unendlichkeit und darüber hinaus?

Johan hörte das Mantra wieder, fünfzig Jahre nachdem Henri den Ausspruch geprägt hatte.

Henri erwähnte die Unendlichkeit, kurz nachdem er in den Halbertsma'schen Haushalt gezogen war. Es hatte einen Unfall gegeben: Henri rutschte auf der Straße aus, fiel, das Pedal eines vorbeifahrenden Fahrrads brach ihm den Schädel. Er erzählte Johan, das Loch in seinem Kopf habe das Licht hereingelassen. Der Zusammenprall ließ ihn die Mauer religiösen Denkens durchbrechen, die, so behauptete Henri, dünn wie Papier war. Wie Zeitungspapier. Als er das Ende des Universums durchbrach, erkannte er Namen von Zeitungen: die *Haagse Post*, die *Groene Amsterdamer*, geachtete Wochenzeitschriften zu jener Zeit. Der Zusammenprall trieb ihn auch an wachhabenden Teufeln und Engeln vorbei, die sich gegenseitig bekämpften. Langweilig eigentlich, fand Henri, aber das Licht war in Ordnung.

«Hast du Gott gesehen?», fragte Johan.

«Viele Götter», erwiderte Henri. «Manche der Göttinnen waren wunderbar. Auch gefällig, wenn man ihnen erzählte, was sie hören wollten.»

«Sie ließen dich ...?» Johans Vorstellung geriet ins Stolpern.

«... sie ficken?», fragte Henri. «Klar doch. Du erinnerst dich an die griechischen Götter? Zeus und die Bauernmädchen? Neptun und die Sirenen?»

«Was dann?»

«Wie, was dann?»

«Was war *jenseits* davon?», fragte Johan ungeduldig.

Henri setzte ein wissendes Gesicht auf.

«Komm schon.»

«Es ist ein einzigartiger Ort», sagte Henri.

«Wie sieht der einzigartige Ort aus?»

Henri konnte sich nicht erinnern.

Menschen, die jung sterben, bleiben jung. Das gefiel Johan an Henri. Henri mit seinen unveränderlichen fünfundzwanzig Jahren war groß, schlank, hatte lange ausdrucksvolle Glieder. Henri lief, anstatt zu gehen, tanzte viel, beugte sich hierhin und dorthin, riss seine geschwungenen Augenbrauen hoch, ständig erstaunt über die Verrücktheit eines Lebens, das, wie er behauptete, inakzeptabel war, aber dennoch Spaß machte. «Hat uns irgendjemand gefragt, ob wir dies hier wollen?», fragte Henri Johan. «Bevor wir geboren wurden? Ich glaube, wir wurden zum Narren gehalten.»

Johan stimmte zu, dass die menschliche Geburt vielleicht keine besonders intelligente Idee sei.

«Eine schlechte Idee», meinte Henri. Die Götter hätten Spiele erfunden und danach die Fußsoldaten, die diese Spiele spielen sollten. Erst das Schachbrett, dann die Figuren. Nicht zum Vergnügen der Figuren, sondern zu dem der Götter. Es wäre eine gute Idee, wenn die Schachfiguren einen Aufstand inszenieren würden. Nicht auf der Erde, sondern im Himmel oder im Jenseits. Um sich dort einzuschalten und die Götter auf ihrem eigenen

Gebiet anzugreifen, müssten sich die Figuren hier ausschalten.

«Selbstmord?», fragte Johan.

Henri zögerte. Die Übermenschen-Theorie war im Weg. Nachdem er sich und Johan zu höheren Wesen, zu Supermännern erklärt hatte, würde es Spaß machen, sich der Unterlegenen, der Normalen, der Trottel zu bedienen. Die Spiele der Götter zu spielen, selbst Gott zu sein, das Fußvolk, die Zurückgebliebenen, die allgegenwärtigen Untermenschen zu missbrauchen. Warum sich um die Rettung dieser Idioten sorgen. Wollten die überhaupt gerettet werden?

Und spielten sie nicht bereits Spiele? Rotterdam befand sich in ernsthaften Schwierigkeiten, Menschen fielen tot auf der Straße um, keine Nahrungsmittel, kein Benzin, keine öffentlichen Verkehrsmittel, nicht einmal Wasser. Doch Henri als Polizeileutnant schaffte es, dreimal am Tag Essen auf ihren Tisch zu bringen. Und Johan als Bankier hatte Zugang zu Gold, der einzig gültigen Währung in Krisenzeiten.

Das Ende des Kriegs stand bevor. Beide hatten sie gute Kontakte zur Widerstandsbewegung. «Wir werden reisen können», sagte Henri. «Wir werden Autos haben. Wir können dieses Haus reparieren. Neue Umstände, neue Herausforderungen.»

Henris Arroganz, Henris Intrigen, Henris Manipulationen. Zu Henris Vorteil. Und zu Johans, natürlich. Zum Vorteil der Supermann-Brüder.

Was war mit dem Allgemeinwohl?

Das gebe es nicht, behauptete Henri. Es gebe nur Egos, die sich gegenseitig bekämpften. Egos, die um den öffentlichen Raum konkurrierten.

Falsch, alles falsch. Männer wie Henri waren schädlich für das Allgemeinwohl. Henri war ein schwarzer Ritter in glänzender Rüstung. Johan war ein weißer Ritter in glänzender Rüstung, und um die Menschheit von einem egoistischen Manipulator zu befreien, tötete Ritter Johan Ritter Henri. Nicht zur Selbstverteidigung, sondern zu jedermanns Verteidigung.

Johan wollte doch Nietzsche nicht aufgeben, oder? Warum griff er nicht zu der offensichtlicheren Erklärung dafür, dass er Henri nicht geholfen hatte?

Neid, ein wesentlicher Bestandteil des menschlichen Egos, hatte Johan veranlasst, nichts zu tun. Was in Ordnung war. Die Schwächen des Egos akzeptieren und weitermachen. Eine Henri-lose Welt dazu benutzen, um weiterzumachen, und zwar auf angenehme Weise. So angenehm wie möglich. Was er getan hatte. Er hatte sich ein Penthouse verdient, in dem er sehr angenehm lebte, vielen Dank. Nach dem Tod seiner fetten Frau, mit der er ein halbwegs angenehmes Leben geführt hatte. Warum er argumentieren? Johan, so fand Johan, hatte prächtigen Gebrauch von einer menschlichen Fähigkeit gemacht, die direkt auf Nietzsches Denken zurückging. Amüsiertes Desinteresse zu praktizieren führt zu Gleichmut.

Wenn man Abstand bewahrt, ist nichts wichtig. Nicht einmal, ob man seinen Bruder umgebracht hat oder nicht. Außerdem war das alles schon lange vergangen.

Die Vergangenheit war jetzt, und Henri war noch nicht ertrunken. Er war munter und lebendig in Johans Penthouse und erzählte ihm von seinen Eltern, wobei er wild gestikulierte, sich die langen Haare aus den Augen strich und seine Stimme modulierte, um dramatische Effekte zu erzielen. Henris Vater, Ridder Jan, wurde tot auf den Stufen der St. Laurens Kerk gefunden, grotesk aufgedunsen. Seine Haut hatte sich leuchtend blau verfärbt. Er war auf einem Handkarren abtransportiert worden, dem einzigen Gefährt, über das das städtische Gesundheitsamt noch verfügte, nachdem die deutschen Besatzer die motorisierte Ausrüstung gestohlen hatten.

«Und deine Mutter?», fragte Johan.

Freifräulein Fleur konnte überall sein. Oder überhaupt nicht.

Henri lachte.

«Oder überhaupt nicht.» Er schlug sich auf den Schenkel. «Ist das nicht komisch?»

«Warum?»

«Weil es die grundlegende Wahrheit ist.» Henri bog sich vor Vergnügen. «Niemand von uns ist überhaupt irgendwo.» Er wurde ernst, versuchte, Johan seinen Zeigefinger in die Brust zu bohren, verfehlte sie. «Wenn wir hier wären, wenn meine Mutter wirklich eine alte Hure wäre, die hier am Hafen arbeitet, das wäre nicht lustig. Aber sie ist wirklich nicht hier. Es ist eine Scharade, Johan. Ein Spiel.»

«Zu unserer Unterhaltung?»

«Genau», erwiderte Henri, geriet auf der Ladeplattform ins Straucheln, fiel, verfing sich mit seinem Fuß in der Schlinge einer Trosse.

«Aha», meinte Johan, die Information verdauend. Henri hatte eine Zeit lang nicht über seine Eltern gesprochen.

Es war möglich, dass Henri nicht einfach nur betrunken, sondern nachhaltig gestört war – und zwar seit dem Augenblick, da er Johan in seiner Rolle als Beschützer der Schwachen und Dummen begegnet war, wobei Johan die Rolle des Schwachen und Dummen spielte.

Für einen Verrückten aber benahm Henri sich gut. Man sollte meinen, dass eine verrückte Person nicht funktioniert. Aber Psychopath Henri funktionierte perfekt. Er war höflich zu seinen Stiefeltern, hilfreich im Haus, respektvoll zu Martel und Kaetie sowie zu Herrn Levy, wenn er an der Reihe war, Seezunge zu holen – gewöhnlich am Freitag, bevor der Laden für den Samstag geschlossen wurde. Soziopath Henri wusste die Feinschmeckerküche im 's Gravendijkwal 59 und seine sauberen Kleider zu schätzen. Schizophren, vielleicht sogar kriminell, schien Henri seinen neu erworbenen Luxus nie für selbstverständlich zu halten.

Der Übergang von Henris kostenloser städtischer Schule zu den Vorgymnasialklassen der Privatschule, die Johan besuchte, wurde für schwierig gehalten, aber Henri, der aufmerksam und fleißig war und mit peinlicher Sorgfalt seine zusätzlichen Hausaufgaben erledigte, holte schnell auf.

Sie waren nicht nur Brüder, sondern Freunde, sie unternahmen alles gemeinsam.

Es dauerte einige Zeit, bis Johan Henris Hintergrund ein wenig zu verstehen begann. Die Jungen waren sich auf dem Spielplatz gegenüber dem Halbertsma'schen Haus begegnet. Johan hatte versucht, jemanden zu finden, der sich auf die andere Seite der Wippe setzte oder mit ihm Ball spielte, was nicht leicht war, denn von Martel und Kaetie und auch von Herrn Levy, in dessen Fischladen er viel Zeit verbrachte, hatte er einen deutschen Akzent übernommen. Johan mochte Herrn Levy, einen hageren, bärtigen Mann mit langem Haar, das unter den Seiten eines breitkrempigen Huts heraushing.

Johans Mutter spielte nicht mit ihm, weil sie krank war, und sein Vater nicht, weil er kaum zu Hause war. Herr Levy nahm sich Zeit und ließ Johan mit Spielzeug spielen, das der alte Mann selbst hergestellt hatte: hölzernen Fischen mit in sich beweglichen Körpern, die tanzten, während Herr Levy mit Fischstimmen sang. Herr Levy erzählte Johan, dass er sein Fischgeschäft in Aachen aufgegeben habe, weil er niemanden finden konnte, der die zerbrochenen Fenster reparierte. Aachen liegt an der niederländischen Grenze. Herr Levy erwischte eine Straßenbahn stadtauswärts. Die Straßenbahn hielt. «Dies ist Holland», sagte der Schaffner. «Nur für ein paar Meter. Auf Wiedersehen, Herr Jude. Vielen Dank, Herr Jude.»

«Danke wofür, Herr Levy?», wollte Johan wissen.

Herr Levy war sich nicht sicher. «Vielleicht, weil ich ausstieg? Vielleicht wegen der Goldmünze, die ich dem Herrn Schaffner gab?»

Herr Levy ist hier auch nicht sicher», sagte Mijnheer Halbertsma ein paar Jahre nach Henris Einzug. «Uns steht ebenfalls eine schwierige Zeit bevor. Vielleicht sollten wir fortgehen. Aber was, wenn ich nicht will?» Da sei Helena Halbertsma, sagte er zu seinem Sohn, seine Frau, die Mutter des Jungen, eine Stoffpuppe, die im Bett liegen wolle, schwierig, sie herumzuschleifen, oder? Und da sei Rotterdam, das Halbertsma liebte, es sei eine Halbertsma-Stadt seit der Zeit, da Staatsminister Johan van Oldenbarneveldt den Hafen gegründet habe. «Vor vierhundert Jahren, Johan. Dein Vorfahr half mit, den Gulden einzuführen.»

Mijnheer Halbertsma trank Genever. Er hatte seinen Sohn zu sich gerufen, um ihm Blumen und Bienen zu erklären, etwas, wovon Johan bereits wusste.

«Kondome», sagte sein Vater.

«Ja, Papa.»

«Masturbation ist in Ordnung.» Der Vater nippte an seinem Glas. «Das weißt du auch?»

Johan wurde rot.

«Sich einen runterholen …»

«Ich weiß, was du meinst, Papa.»

«Gut», sagte Mijnheer Halbertsma. «Ich mache es auch. Eine Plage. Aber was soll man tun? Explodieren?»

«Sind wir Juden?», fragte Johan.

«Wer ist das nicht?» Mijnheer Halbertsma betrachtete prüfend die Spitze seiner Zigarre. «Der Vater meiner Mutter war todsicher einer. Große Nase. Hatte einen von diesen Kandelabern in seinem Studierzimmer. Trug seinen Hut beim Abendessen. Es gibt ein Porträt.» Er zündete die Zigarre an. «Erinnere mich daran, das Porträt zu verbrennen.»

«Was wird mit den Juden hier passieren, Papa?»

«Erzählt Direktor Finkelbaum euch denn gar nichts?», fragte sein Vater. Er sah zur Decke hoch. «Bezahle ich nicht genug für eure Ausbildung?»

Johan schluckte. «Werden die Juden weggebracht?»

«Nicht, wenn sie rechtzeitig entkommen», sagte Mijnheer Halbertsma, energisch seine Zigarre schwenkend. Funken regneten auf den Perserteppich. Vater und Sohn tanzten zusammen auf dem Teppich, um glühende Flecken auszutreten. Fast so gut wie zusammen Seezunge zu essen, dachte Johan. Ein seltenes Ereignis, seit Halbertsma senior immer öfter spät und nach Lavendel duftend nach Hause kam.

Wenn er doch mal früher kam, telefonierten sie. «Hier ist Yvonne.»

«Papa, die Lavendel-Dame.»

«Ich heiße Stefanie», sagte Yvonne. «Und ich benutze Flieder.»

«Was ist das Problem mit den Juden, Papa?»

«Es ist nicht das jüdische Problem», sagte Mijnheer Halbertsma, «es ist das andere Problem. Du weißt, welches?»

«Alles?», fragte Johan.

«Kluger Junge.» Sein Vater lachte. «Du meinst, wir sind eine Fehlkonstruktion? Das sind wir zweifellos. Aber selbst das würde nichts ausmachen, wenn es nicht das andere grundlegende Problem gäbe: die Fruchtbarkeit.»

«Sex?»

«Sex macht Spaß», sagte Mijnheer Halbertsma. «Hol mir einen Beutel Reis aus der Küche. Ich zeige es dir.»

Sein Vater hatte ein Schachbrett bereitgestellt, als Johan zurückkam.

«Leg ein Korn auf das linke untere Feld. Das bin ich. Gut. Leg noch eins auf dasselbe Feld. Das bist du. Jetzt schieb sie auf das nächste Feld und füge zwei hinzu, das sind deine Kinder. Wir sind eine nette Familie, was? Verdopple das wieder auf dem nächsten Feld.»

«Niemand stirbt?», fragte Johan.

Oh doch, sagte Mijnheer Halbertsma, eine Menge Leute stürben, und eine Menge Leute hätten viele Kinder, er spreche von Durchschnitten und dem allgemeinen Trend der Multiplikation. Pauschalierung würde der Bankier das nennen. Gut bei Geld, schlecht bei Menschen.

Es sah aus, als würde ihnen ziemlich bald der Reis ausgehen.

«Allein, dass ich dich habe», sagte Johans Vater, «und selbst nicht sterbe, verursacht Überbevölkerung. Als ich geboren wurde, gab es fünf Millionen von uns; dreißig Jahre später, als du geboren wurdest, neun Millionen. Nur in Holland. In der ganzen Welt sprechen wir von Milliarden.» Er zeigte Johan einen Globus. «Er wird nicht größer, Johan.»

«Kondome?»

Der Geneverkrug gluckerte. «Kondome sind unmoralisch. Töten ist moralisch.»

«Deshalb werden Juden umgebracht?»

«Das ist die Lösung der Nazis, eine Million hier, eine Milliarde dort, Araber, Schwarze, Chinesen. Das drückt die Zahlen.»

«Deutsche?»

«So etwas planen die Deutschen nicht.»

«Aha», machte Johan.

«Alles reinrassige Leute ...», sagte Mijnheer Halbertsma. «Zerbrich ein paar Eier hier, ein paar dort. Lenin sagte das, Hitler sagt es jetzt. Ein paar Milliarden Eier. Man kann kein Omelett haben, ohne die Eier entzwei zu schlagen.»

«Jüdische Eier?»

«Was ist mit jüdischen Eiern?»

«Herr Levy ist Jude», sagte Johan.

«Herr Levy sollte diesmal ein Schiff nehmen», sagte Mijnheer Halbertsma. «Straßenbahnen reichen nicht mehr.»

«Glaubst du, die Omelett-Geschichte wird funktionieren, Papa?»

«Nicht solange die Reis-Geschichte funktioniert», antwortete sein Vater.

«Dann hatte ich also recht», sagte Johan.

Sein Vater nahm ein Schlückchen. «Womit?»

«Dass alles falsch ist.»

«Hallo, Sohn», sagte Mijnheer Halbertsma zu Henri, der ins Zimmer gekommen war. «Ich wollte Johan gerade erzählen, dass es auch gute Dinge gibt. Es gibt vielleicht genügend Seezunge für den Rest unseres Lebens.» Er steckte sich eine neue Zigarre an. «Es gibt Kuba, das so viele handgerollte Zigarren herstellt, wie man sich nur wünschen kann.» Er füllte sein Glas nach. «Die Wacholderbeere wächst immer noch in Hülle und Fülle, und ihr Geschmack kann chemisch erzeugt werden, wie ich gehört habe.» Er zeichnete eine weibliche Form in die Luft. «Das auch.» Er runzelte die Stirn. «Aber Johan hat teilweise recht, selbst das ist nicht perfekt.» Er wedelte wieder mit seiner Zigarre herum. «Wisst ihr Jungen, warum Yvonne Stefanie nicht mag? Wisst ihr, warum Frauen einen schlechten Geschmack bei anderen Frauen haben? Warum Yvonne nur Frauen mit kleinem Verstand mag? Nun, Stefanie hat große ...» Mijnheer Halbertsma blickte nachdenklich, bevor er einnickte.

«... Titten», sagte Henri, der Johan an jenem Abend half, ihren Vater ins Bett zu bringen. «Jede Menge Titten. Riesenhaft große Titten bis in alle Ewigkeit.»

Auch die Frau auf der Schachtel, aus der die Jungen an jenem Abend ihre Zigaretten rauchten, hatte große Brüste, die sich unter einem tropischen Vollmond aus ihrer Bluse neigten.

«Sieht aus wie Nanny in Vogelkopf.»

Henri sprach von Papua-Neuguinea, einer Insel von der Größe Westeuropas, deren eine nur dünn besiedelte Hälfte damals unter niederländischer Kolonialherrschaft stand. Ridder Jan van Nyenrode tot Maarssen war Regierungsinspektor und trug eine weiße Uniform mit Goldtressen und einen Säbel. Er wurde von einem Zug ambonesischer Soldaten beschützt und verfügte über eine Barkasse mit holländischen Seeleuten. Javanische Mädchen und Boys, die Fächer in Gang und den Geneverkrug kühl hielten, servierten die Mahlzeiten. Und unter dem Esstisch saß immer ein Diener, der durch ein Loch in der Mitte plötzlich auftauchte, wenn Ridder oder Freifräulein darauf klopften. «Sie wünschen Erdnüsse, junger Herr? Erlauben Sie mir, sie Ihnen zu reichen.»

«Ihr wart dort Übermenschen?», fragte Johan.

«Wenn wir das waren», sagte Henri, «haben wir keinen optimalen Gebrauch von den gegebenen Umständen gemacht.»

Es kam vor, dass die Einheimischen, das Dienstpersonal, ja sogar die ambonesischen Soldaten von holländischen Seeleuten verprügelt wurden. Ridder Jan fiel vom Anleger und machte einen Papua dafür verantwortlich, der auf der Stelle ausgepeitscht wurde. Der Königliche Inspektor fuhr seine Barkasse auf ein Riff und sah zu, wie mehrere Papuas und ein Seemann von Haien zerrissen wurden.

Nichts Ungewöhnliches unter einer Kolonialherrschaft. Bis Eingeborenenkrieger mit Knochen durch ihre Nasen und Kopfschmuck aus Tukanfedern nach viel Trommeln, Tanzen, Singen und Inhalieren von zerstoßenen Pflanzen bei ihren Stelzenhäusern in einem nahe gelegenen Sumpf einen Aufruhr an der Vogelkopfküste inszenierten. «Sie wollten gar nicht aufhören – Blut, sogar auf Papas Uniformrock, sogar Kannibalismus, um Himmels willen. Sie grillten die Lenden ihrer Opfer, ohne Bwana um Erlaubnis zu fragen. Und sie kamen mit dummen Ausreden, dass sie Masken trügen und deshalb gar nicht sie selbst wären. Papa musste die holländische Käse-Moral gegen die Bonga-Bonga-Moral durchsetzen, ließ die Soldaten ein paar von den Kerlen festnehmen, die holländischen Seeleute einen Galgen errichten, und ich musste zusehen, wie der ambonesische Sergeant ein paar von den Halunken hängte.» Henri machte ein feierliches Gesicht. «Das sollte ihnen eine Lehre sein.»

«Eine Lehre wofür?»

«Unsere Regeln zu beachten», sagte Henri, «damit wir sie besser regieren, besser ausbeuten konnten. Damit sie wie menschliche Affen auf Befehl Kokosnüsse von den Bäumen herunterholten und die Holländer billige Seife kaufen konnten.»

«Variable Regeln aufstellen», sagte Johan. «Auch Papua-Regeln können fehlerhaft sein.»

«Alle Regeln sind variabel und fehlerhaft.» Henri klopfte auf sein Kissen. «Deshalb werden du und ich überhaupt keine Regeln haben. Die regellose Leere. Reine Freiheit, die wir akzeptieren, benutzen, manipulieren werden, in Ordnung? Wir werden *dort* sein. Und schließlich jenseits davon. Frei. Unangefochten, weil unanfechtbar. Nichts zu verlieren, nicht einmal unsere Ketten. Nur wir, Johan.»

«Und Nietzsche?»

«Er hat sich das nur ausgedacht», sagte Henri. «Um uns den Weg zu zeigen.»

«Der Direktor?», fragte Johan.

«Finkelbaum?» Henri hielt inne. «Vielleicht, aber unser Mentor hat einen Fehler. Er wird nicht überleben. Elias, der Gute, hat Angst vorm Reisen. Weißt du, dass er manchmal in seinem Büro schläft? Dass er an Platzangst leidet?»

«Wie geht es weiter?», fragte Johan.

«Wenn wir die totale Freiheit erreichen?»

«Nein», sagte Johan, «mit dir, deinen Eltern, in Papua-Neuguinea.»

Es habe Beschwerden gegeben, erzählte Henri. Nicht nur von den Papuas, sondern auch von dem ambonesischen Sergeanten. Es gab eine Untersuchung.

Ridder Jan van Nyenrode tot Maarssen, königlicher Inspektor des Distrikts Vogelkopf, einer Halbinsel von der zweifachen Größe der Niederlande mit einer geschätzten Bevölkerung von nicht mehr als vierzigtausend zunehmend gereizten Stammesangehörigen, wurde diskret von seinem Posten entfernt und unehrenhaft entlassen, unter Geleit nach Holland zurückgebracht, pensioniert, vergessen.

«Er hat also eine Pension?»

Ridder Jan verkaufte die Pension gegen eine pauschale Geldsumme in bar.

«Kein glückliches Ende», sagte Johan.

«Bah.»

«Dein eigener Vater.»

«Scheiß auf die Verdammten», sagte Henri. Keine Zeit, sich um Verlierer zu sorgen. Er und Johan hätten Arbeit zu erledigen. Sich auf die Freiheit vorzubereiten. Spitzennoten in der Schule zu bekommen. So zu tun, als passten sie sich an. Die Risse in der Gussform zu finden, damit sie diese besser zerbrechen konnten. Wertvolle Mitglieder der Geheimgesellschaft der Radikalen Anarchisten zu sein, einer so geheimen Vereinigung von Genies, dass die Genies selbst einander nicht kannten. Außer ihm und Johan, ein unzertrennliches Paar, in der regellosen Leere schwebend.

Sankt Friedrichs Porträt hing über Johans Bett. Christus hatte einmal dort gehangen, bis er in Johans Augen nur noch ein Guru war, der ein Kleid trug und sich kreuzigen ließ. Abraham Lincoln hatte dort gehangen, bis er nur noch ein depressiver Politiker war, der sich erschießen ließ. Auch Nietzsche wurde schließlich entfernt, als er nur noch ein Philosoph war, der mit seinen Freunden stritt, sich in einem Bordell für Homosexuelle Syphilis zuzog, die Liebe zu einer außergewöhnlichen Frau gegen Beherrschung durch eine böse Schwester tauschte, von hysterischen Kopfschmerzen heimgesucht wurde, nicht wusste, wie er seine Bücher vermarkten sollte, aus dunklen grüblerischen Augen auf eine feindliche Welt starrte, seinen Schnurrbart bekleckerte, in schäbigen Zimmern unter Schlaflosigkeit litt, von einem monatlichen Hungerlohn sein Leben fristete.

Johan nahm Nietzsches Porträt von der Wand und hängte es ins Klo.

«Noch nie was von Schicksal gehört?» Henri lachte. «Wir haben alle unseren Teil abgekriegt. Ich habe einen blauen Vater mit Wurstfingern, ähnlich wie in dem Chagall-Gemälde. Du erinnerst dich? Die Ausstellung im Booymans Museum, zu der Finkelbaum uns mitnahm? Ein blauer Mann, der Violine spielt, und da sind Vögel am Himmel und eine Frau, die mit nackten Brüsten frei und unbeschwert dahinschwebt. Mein Papa spielte auch Violine – bis er sie auf Mamas Kopf zertrümmerte.

Schicksal ist von Nutzen, Johan. Nietzsche hatte zwar ein schlechtes Leben, aber seine Krankheit, seine elenden Umstände, die ärmliche Bezahlung, die Unpopularität seiner Schriften verhalfen ihm zu ein wenig Licht, das er auf andere scheinen lassen wollte, aber es erreichte nur ganz wenige.» Henri tätschelte Johans Wange. «Wir gehören dazu. Das ist schön.»

«Für uns», sagte Johan.

«Richtig.»

«Nicht für Nietzsche.»

«Nur ein Schauspieler in einem schlechten Film, den man irgendwie durchstehen muss», sagte Henri. «Hör zu. Sieh es mal so. Es gibt drei Nietzsches, so wie es drei Johans gibt, drei Henris, drei von jedem. Die meisten Leute kommen nie weiter, als Schauspieler in einem schlecht aufgebauten Film mit einer sich wiederholenden Handlung zu sein. Nicht so wir.» Henri senkte seine Stimme, kniff Johan in den Arm. «Da ist der Nietzsche mit den Kopfschmerzen und der Schwester, verdorbenes Brot essend, unterm Dach, Hinterzimmer, Löcher in den Stufen. Ja, er existiert, aber er ist nicht wichtig, eine vorübergehende Projektion, einer Rolle Zelluloid entsprungen ... Dann ist da Nietzsche zwei, der Nietzsche eins betrachtet. Nietzsche zwei ist der Mann im Kino, der Zeuge, der den Nietzsche auf der Leinwand betrachtet. Der Zeuge ist derjenige, der an die Idee von der Nicht-Idee glaubt, daran, eine Struktur zu zerstören, die es von Anfang an nie gegeben hat. Er ist der Befreier der Menschheit, doch auch er ist nur teilweise wirklich. Und dann ist da noch der wahre Nietzsche, nicht Nietzsche drei, denn Wahrheit kann man nicht nummerieren, aber wir nennen ihn den Namenlos-Nietzsche. Den Nichts-Nietzsche.»

«Wer ist wir?», fragte Johan.

«Du und ich.»

«Wunderbar», meinte Johan.

«Und ob», bestätigte Henri. «Häng den Nichts-Nietzsche an deine Wand.»

«Ich habe kein Bild von Nichts-Nietzsche», sagte Johan.

«Warum ein Bild benutzen? Tu das Wahre. Sei der Wirkliche.»

Der Nichts-Johan. Der unbesiegbare Johan. Der wahre Johan. Der Höchste-Wirklichkeit-Johan.

War das die Art, wie Henri sprach, fragte Johan den Johan auf dem JFK-Flughafen, oder war das die Art, wie Johan wollte, dass Henri sprach? Damit er bedauern konnte, den Genius ermordet zu haben? Es gab also einen Grund, sich schuldig zu fühlen, eine Ursache dafür, dass er nachts schweißgebadet aufwachte, auf das Lenkrad oder einen leeren Sitz im Taxi trommelte, in der U-Bahn oder in Aufzügen mit sich selber sprach, eine Witwe aus der Fassung brachte, die er zum Abendessen ins *Chez Cheh* ausgeführt hatte – eine aufgedonnerte Fünfzigjährige mit geglättetem Gesicht und neuen Brüsten, die Konversation zu machen versuchte, während die Augen ihres Gastgebers sich nicht scharf einstellen wollten.

«Bist du in Ordnung, Johan?»

«Oh, ja, tut mir leid.» (Sally? Elly?) «Tut mir leid, meine Liebe.»

In der Nacht, bevor Johan nach Rotterdam zurückflog, träumte er, dass Henri die Gestalt einer riesigen Hyäne annahm, die durch eine wüstenartige Landschaft lief, Herrn Levy zur Strecke brachte, ihrer Beute die Innereien herausriss, die sich dann in Fettuccini verwandelten und von einem lächelnden Cheh serviert wurden.

Johan wartete in einer Schlange am JFK-Flughafen erst auf sein Ticket, dann auf die Leibesvisitation, dann auf die Befragung, bis er einen Verantwortlichen fand, der beipflichtete, dass der Passagier zu alt und zu schwach für diesen ganzen Scheißdreck war, Johan zum Invaliden erklärte, ihm einen Rollstuhl und jemanden zum Schieben besorgte.

Der Begleiter, ein arabisch aussehender junger Mann, trug ein Namensschild auf seinem Jackett.

«Schon lange im Land, Hassam?», fragte Johan.

«Nein. Du mich bezahlen. Rollstuhl nicht gratis.»

Johan gab seinem Begleiter einen Fünfzigdollarschein. «Gefällt es Ihnen hier bei den Ungläubigen?»

«Ich nix verstehen.» Der Begleiter lächelte professionell. «Noch nicht.» Er machte eine Pause. «Sir.»

Johan war in dem Rollstuhl eingenickt und träumte, er sei wieder auf dem Spielplatz am 's Gravendijkwal gegenüber seinem Haus, im Schatten der riesenhaften Sandsteinskulptur eines sitzenden, nicht länger berühmten Wissenschaftlers, flankiert von großen Musen mit fehlenden Nasen und Brustwarzen, einstige Ziele von steinewerfenden Rowdys. An jenem Tag hatten sich die Rowdys Johan zum Ziel auserkoren, schnitten ihm den Weg ab, als er fortrennen wollte, und ließen sich sein Taschenmesser, seine Armbanduhr und sein Portemonnaie geben. Die Rowdys schlugen Johan abwechselnd ins Gesicht, als Henri auftauchte, ein weiterer zehnjähriger Junge, aber größer und flinker als Johan.

«Hey hey hey», sagte Henri und lächelte Groß-Rowdy

an, als er ihm in die Eier trat. Dann schwenkte er herum und trommelte Klein-Rowdy mit den Fäusten in den Bauch, bevor er ihn am Kinn traf.

«Was ist denn hier los?», fragte eine Erwachsenenstimme.

Ein Schutzmann kam schwerfällig herbei – eine altmodische Autorität, die einen Messinghelm trug und mit einem kurzen Säbel in einer glänzenden Kupferscheide bewaffnet war.

Henri wimmerte. «Wachtmeister, diese Jungen haben meinen Freund hier beraubt. Sie haben ihm seine Sachen abgenommen.»

Die Rowdys wurden von dem Beamten geohrfeigt und mussten die Beute herausgeben. Ihre Namen und Adressen wurden aufgeschrieben. Es wurde ihnen befohlen, am nächsten Tag auf der Polizeiwache zu erscheinen. Sonst passiere was. Der Schutzmann erwähnte die Besserungsanstalt.

Klein-Rowdy übergab sich. Groß-Rowdy massierte sich den Schritt.

«Das wird wieder», sagte Henri. «Nächstes Mal machen wir was anderes, okay? Fahren mit der Straßenbahn zum Zoo. Beobachten ein paar Affen.» Er wandte sich an Johan. «Wie heißt du, reicher Junge?»

Henri brachte alle dazu, sich gegenseitig die Hände zu schütteln. «Johan hier zahlt für den Eintritt.»

«Wirst du Henri dafür bezahlen, dass er uns den Löwen vorwirft?», fragte Groß-Rowdy.

Der Ausflug zum Zoo fand schließlich statt. Den Rowdys gefielen die Affen nicht, die traurig in ihren Käfigen saßen, aber das Herumwandern am Aquarium machte sie hungrig. Johan und Henri bezahlten vom Halbertsma'schen Taschengeld für eine Runde Fisch und Chips an einem Straßenstand. Henri verteilte das Essen.

«Du bist in Ordnung», sagten die Rowdys zu Johan, und vielleicht sei Henri auch in Ordnung. Henri meinte, dass sei er, danke, vor allem jetzt, wo er in Johans Haus wohne.

«Reiche Stinker», sagte Klein-Rowdy.

Groß-Rowdy stellte fest, dass man nicht Fisch und Chips kaufen und die kleinere Hälfte verschenken könne, wenn man kein reicher Stinker sei, und das sei dann wieder gut.

Henri sagte, Rowdys seien auch gut, man könne sie benutzen, um andere Rowdys zu verprügeln, und dann könne man alle Rowdys in einer Bande organisieren, um die reichen Stinker auszunehmen, doch jetzt, da er selbst ein reicher Stinker sei, gebe es keinen Grund dafür.

Was in gewisser Weise schade sei.

Der Fisch und die Chips waren lecker, reichten aber nicht entfernt an die Seezunge heran, die Martel und Kaetie an dem Tag, als Johan Henri mit nach Hause brachte, im Halbertsma'schen Haus servierten. Helena Halbertsma hatte an diesem Tag die Hälfte ihrer üblichen Tablettendosis genommen und fühlte sich heiter statt überwiegend tot, was sie für gewöhnlich vorzog. Aber jetzt gab es etwas Neues, einen hübschen jungen Knaben. Ihr gefiel, wie Henri aussah, ein eleganter Junge mit polierten Stiefeln. Henris elegante Kleider stammten von der Heilsarmee. Es hatte eine Ruhrepidemie gegeben, die auch reiche Jungen getötet hatte. «Was macht dein Vater beruflich?», fragte Mijnheer Halbertsma.

«Pensioniert», antwortete Henri. «Regierung.»

«Frühpensionierung?», fragte Helena.

«Ja, Mevrouw.»

«Und deine Mutter, mein Lieber?», fragte Frau Halbertsma.

Ja, sagte Henri, meine Mutter. Ob er noch ein Stück von der Seezunge bekommen könne, bitte?

Er könne auch Kartoffeln bekommen, kleine zarte Kartoffeln, leicht gekocht, und belgischen Endiviensalat, knackig, aber nicht zu fest, und Babyerbsen in der Schote, sagte Helena. Ihre Medikation funktionierte prächtig. Sie fühlte sich eindeutig in gehobener Stimmung, die Worte kamen ihr leicht über die Zunge, sie konnte die Pausen zwischen den Wörtern sehen, in der Tiefe, glitzernd wie ein sonnengesprenkelter See, und da war eine Melodie, so betörend und wunderbar. Mijnheer Halbertsma sagte, er nehme keine von den Beilagen. Eine gute Seezunge brauche die nicht, aber Henri solle sich ruhig bedienen. Er sehe aus, als ob er ein reichliches Mahl vertragen könne.

«Deine Mutter lebt natürlich mit deinem Vater zusammen», sagte Mijnheer Halbertsma.

«Ja, Sir.»

Johan erzählte, dass Henri in einem Kellergeschoss wohne, er sei dort gewesen. Schwamm an den Wänden. Keine Fenster. Muffig. Es gebe Probleme. Henri könne nicht dorthin zurück. Könnte Henri nicht bleiben und Johans Bruder sein?

«Aber *natürlich*», sagte Helena Halbertsma. «Meinst

du nicht auch?», fragte sie ihren Mann, der nicht zuhörte. «Sagtest du nicht, du hättest nichts gegen Zwillinge, nachdem ich den anderen verloren hatte?»

«Ja», sagte Mijnheer Halbertsma.

Johan begegnete dem Freifräulein van Nyenrode tot Maarssen an der Westerkade, nachdem er und Henri an einem Sommerabend im Hafenpark spazieren gegangen waren. Kein Wind, keine Wolken, schläfrig flatternde Vögel in den Zweigen einer alten Platane, exotische Enten, die still auf dem Stadtgraben dahintrieben. Henri hatte sich inzwischen eingelebt und war nach einer fünfjährigen Wartezeit adoptiert worden. Es hatte noch einen längeren Kampf mit der Stadt- und der Regierungsbürokratie gegeben, was die Löschung von Henris Titel betraf. Ein Ritter, der bürgerlich werden wollte? Es gab kaum noch Ritter im Land. Aber Mijnheer Halbertsma hatte Freunde. Das rechtskräftige Dokument kam an jenem Tag, dem Tag des Spaziergangs im Hafenpark. Herr Levy lieferte seine beste Seezunge. Helena, überwiegend deprimiert in ihren bipolaren Zuständen, putzte sich für den Anlass heraus. Die Jungen aßen zu viel und gingen nach draußen, um einen Spaziergang zu machen. Sobald sie den Park erreichten, wollte Henri Händchen halten.

«Nein», sagte Johan.

«Du denkst, das ist was für Mädchen?»

Johan sagte, es sei ihm egal, was Händchenhalten bedeute. Aber Mädchen seien in Ordnung.

«Du willst nicht mit mir befreundet sein?»

Johan sagte, er und Henri seien Freunde, aber Händchen halten wolle er nicht. Er hatte Henri schon ein paar Mal aus seinem Bett geschubst. Sie mussten reden. Johan stand jedenfalls auf Mädchen. Oder Frauen. Selbst wenn es nur eine Frau auf der Erde gäbe, nur noch eine, eine alte Frau, auf irgendeiner gottverdammten Insel, ein Skelett, kahl, mit runzliger Haut ...

Henri lachte. «Sei nicht geschmacklos. Wenn du schon an Frauen denken musst, denk wenigstens an schöne. Ich denke jedenfalls nicht an hässliche Jungen. Meine haben die richtige Größe, ein verträgliches Temperament», er grinste, «eine breite Brust, wie du, schlanke Hüften, wie du, einen geraden Nacken, wie du, lockige Haare, wie du, sind ein wenig unterwürfig ...»

«Ich bin nicht unterwürfig», protestierte Johan.

Henri sagte, das wisse er, er habe zur Verdeutlichung nur ein paar Beispiele geben wollen. Er denke an unterwürfige Frauen, die Johan sich vorstellen könne, langbeinige, festbrüstige, unterwürfige Mädchen, gut zum Hinternversohlen, sogar zum Auspeitschen. Manche Mädchen mochten das, und wenn nicht, würden sie es in Johans Vorstellung mögen ...»

«Kein Hinternversohlen», meinte Johan. «Nur ficken. Mädchen ficken. Nichts Spezielles.»

«Ich gebe auf», sagte Henri. «Im Ernst. Es ist in Ordnung. Du magst Mädchen. Ich mache mir nicht viel aus ihnen. Trotzdem sind wir etwas Besonderes. Wir beide. Du hast keine Ahnung, wie besonders wir sind.»

«Getrennt», sagte Johan.

«Wir werden getrennt zusammen sein.»

Das war lustig. Die Jungen lachten.

Mädchen.

Martel war fest befreundet, mit einem netten Mann. Kaetie, das zweite Dienstmädchen, war attraktiv, zum Flirten aufgelegt und registrierte, dass der junge Herr sich gut entwickelte. Doch als Johan ein Treffen in der Waschküche vorschlug, machte Kaetie einen Rückzieher. «Wirklich, Johan, nein», sagte sie, als seine Hand ihre Hüfte berührte, *«nein!»*, und sie erklärte, dass Martel sie kontrolliere und ihr geraten habe, sich von jungen Herren fernzuhalten.

Das kam also nicht in Frage. Da war die *Saturday Evening Post*, die sein Vater abonniert hatte, und die letzte Ausgabe enthielt ein Reklamefoto von tanzenden Mädchen mit langen Beinen, Brüsten, lächelnden Mündern, die probierte er aus, warum nicht? Aber es war trotz allem nur Papier, flach, glänzend und knitterig, man konnte kein Loch hineinbohren, wie Henri es formulierte. Es war einfacher, sich Kaeties Weigerung vorzustellen und diese umzukehren. Die Vorstellung, stellte Johan fest, war auch nicht das, was Henri von ihr behauptet hatte. Traum-Kaetie entglitt ihm immer wieder, und es gab kein Nachspiel, von dem Johan glaubte, dass es interessant sein könnte. Oder sogar faszinierend. Ein Nachspiel, dem ein Noch-mal-von-vorn folgen würde.

Auf der anderen Straßenseite wohnte Frau Latour. Die Dienstmädchen hörten nicht auf, von der geschiedenen Frau zu sprechen: wie hübsch sie sei, bemitleidenswert, zweifellos bedürftig, allein in ihrem großen Stadthaus lebend, mit einem Hund, halb Terrier, halb Pudel, der entlaufen sei. Henri stolperte über Tillie, ein freundliches, schlappohriges Tier, das glücklich war, gefunden zu werden, und gab die Hündin an Johan weiter.

Henri zwinkerte. «Da hast du sie.»

Johan brachte Tillie zurück. Lillie Latour (l'Amour, wie Martel sie nannte) dankte Johan mit leiser, verschleierter Stimme, bat ihn herein. Sie trug einen durchsichtigen Rock und eine Bluse, die tiefe Einblicke gewährte, wenn sie Plätzchen anbot. Aber sie war nicht entgegenkommend, als er vorsichtig die Hand ausstreckte, trat sogar zurück, erkundigte sich nach seinen Eltern auf der anderen Seite der Prachtstraße, sagte, sie wolle ein kleines Landhaus in Hillegersberg kaufen, ein verschwiegenes Refugium in einem eleganten Vorort. Sie müsse noch ihr Stadthaus verkaufen, doch es heiße, der 's Gravendijkwal solle in eine Hauptdurchgangsstraße umgewandelt werden, die zu einem Tunnel unter der Nieuwe Maas hindurch führe, was sich verheerend auf die Immobilienpreise auswirken würde. Wer wolle schon an einer Schnellstraße leben? Lillie-Lady schüttelte ihren zarten Kopf – eine sinnliche Bewegung – und schnalzte mit der Zunge. «Können wir das, was wir wollen, nie dann haben, wenn wir es wollen?»

«Während ich hier bin?», fragte Johan. «Wie zum Beispiel jetzt gleich?»

Lillie l'Amour war unpässlich. Verstand er, was das bedeutete?

Er verstand, dass es nein bedeutete.

«Männer können sich freier bewegen», sagte Martel zu Johan, als er von seinem misslungenen Abenteuer berichtete. Kaetie sagte, Männer würden nie unpässlich.

Die Mädchen drängten ihn, sein Glück auf der Südseite des Flusses zu versuchen.

Da sei Katendrecht, ein Vorgebirge auf der anderen Seite der Nieuwe Maas, mit Bars *und so weiter,* sagte Martel.

Sei aber lieber vorsichtig. Sie holte ihm ein Kondom.

Schon die Fahrt zu *und so weiter* war vergnüglich. Johan musste ein Boot nehmen, und da waren betrunkene Seeleute und ausgelassene Studenten, und der Kapitän, ein stämmiger Mann in einem blauen Rollkragenpullover unter einem Kolani, mit weiß gelocktem Haar und einem glänzenden Goldring im Ohr, drohte, sie alle über Bord zu werfen. «Futter für die Aale, das wird euch lehren, *Getriesum.*»

Ein neues Wort für Johan. Getriesum. Es gefiel ihm. Seeräuber, kraftvolle Motorräder, vielleicht Genever, wilde Frauen, manchmal unterwürfig, obwohl er sich das Hinternversohlen schenken würde. Palmen. Gebratene Seezunge.

Johan sei ein zu junger Getriesum, sagte ein Polizist am anderen Ufer. Der Polizist, ebenso eindrucksvoll wie der Kapitän, trug einen Stahlhelm und beugte sich aus dem Beiwagen eines von seinem Kollegen gefahrenen Motorrads – einer großen glänzenden Maschine mit zwei Zylindern, die rechts und links herausragten und trotz ihrer Größe fast geräuschlos waren. Plötzlich war das seltsame Gerät neben ihm auf dem Bürgersteig, und der Beiwagen-Polizist fragte leise in Johans Ohr: «Wie alt sind Sie, *Jongeheer*?»

Johan war zu erschrocken, um zu lügen.

«Minderjährig, wie? Name? Adresse?»

«Zurück auf die Fähre, Jongeheer. Wenn wir Sie hier noch einmal sehen, werden wir mit Ihren Eltern reden.»

Was dann? Mädchen in der Schule? Da war Rachel, ein flinkes, umgängliches Mädchen oder eigentlich eine junge Frau, fünfzehn, vielleicht sechzehn Jahre alt, schlank, aber sinnlich. Das feenhafte Mädchen lächelte, als er sie anstarrte. Johan folgte Rachel zu ihrer Straßenbahnhaltestelle, wusste nicht, was er sagen sollte, stieg auch in die Straßenbahn, und als diese beschleunigte, sprang er ab in der Hoffnung, damit Eindruck zu machen.

Sie wartete in der nächsten Pause auf ihn, hielt seine Hand, während sie gingen. Unter einer Platane sollte geküsst werden, aber er war langsam, seine zusammengepressten Lippen streiften kaum ihren Mund. Bei dem Versuch, es besser zu machen, tat er ihr mit seiner Brille an der Nase weh. Feen-Mädchen gab Liebhaber-Kobold eine Ohrfeige und erzählte dem nächsten Lehrer, *der* Junge (sie deutete auf Johan) habe sie belästigt. Direktor Finkelbaum ließ mitteilen, er wolle Johan in seinem Büro sprechen.

«Frauenprobleme, Johan?»

Johan wollte erklären, wurde jedoch aufgefordert, sich zu setzen. «Hör dir dies an, Johan.»

Finkelbaum spielte auf einem abgenutzten Wandklavier, das neben seinem Schreibtisch stand, eine liebliche und doch beklemmende, subtil ausdrucksvolle Melodie mit einem eigenartigen Rhythmus. «Erik Satie», sagte der Direktor. «Ein betrunkener Einsiedler.» Er schüttelte Johan die Hand. «Mach dir keine Sorgen. Es wird geschehen. Sie wird da sein.» Der Direktor putzte sich umständlich die Nase.

«Wer?», fragte Johan. «Rachel?»

«Sie hat vielleicht einen anderen Namen.»

«Wann wird das sein, Dr. Finkelbaum?»

«Wenn das Universum bereit ist.»

«Universum, Sir?»

«Nichts hat nur eine einzelne Ursache», sagte der Direktor. «Und nichts hat nur zwei Ursachen.» Finkelbaum legte einen Finger auf seinen Mund. «Verrate es keinem.» Er setzte sich und berührte sacht die vergilbten Tasten des Klaviers; er sprach weiter, während die langsame Melodie wieder dahinfloss. «Alles muss zusammenkommen, damit wir es erlangen können.» Er flüsterte. «Wie beim völligen Verständnis. Das kommen wird.» Das Flüstern des Direktors war jetzt kaum noch zu hören. «Es geschieht, wenn es geschieht.» Er stand auf, schloss den Klavierdeckel und klopfte Johan auf die Schulter. «Du machst dich gut.»

«Sie glauben nicht, dass ich Rachel belästigt habe?»

«Ach ...», winkte der Direktor freundlich ab.

Eine geachtete Autorität, die ein Anarchist war?

Johan fühlte sich aufgemuntert. Das Universum um ihn herum bekam Risse. Er sah die Relativität niederländischer calvinistischer Moral, ahnte ihre Bedeutungslosigkeit.

Henri, seinen Mitverschwörer in Sachen Anarchie, um sich zu haben war schön, und Mevrouw l'Amour auf der anderen Straßenseite, die zu verstehen gab, dass es in Ordnung war, die Gesellschaft zu missachten, solange dies außer Sichtweite im geheimnisvollen Hillegersberg geschah, half ebenfalls, aber weder Henri noch sie spielten Klavier. Und bestimmt nicht Satie.

Das weibliche Mysterium, hatte der Direktor gesagt. Sich daran erfolgreich anzunähern …

«Es wird geschehen, wenn es geschieht», hatte Finkelbaum versprochen, «und in der Zwischenzeit halte die Augen offen, mein Junge.»

Das tat Johan.

Henri und Johan gingen kurz nach Sonnenuntergang durch den Park, diskutierten Nietzsche, wen sonst, und die Notwendigkeit, die Freiheit von menschengemachter Moral zu akzeptieren, ohne sich verpflichtet zu fühlen, andere davon überzeugen zu müssen. «Warum die kleinen Leute in ihren Käfigen aufschrecken», sagte Henri voller Begeisterung. «Sie sind sicher dadrin, wir können sie herausnehmen, wenn wir müssen.» Henri drehte eine Pirouette um Johan. «In der Zwischenzeit wissen wir, wo sie zu finden sind.»

Johan hörte nicht zu.

«Untermenschen?», meinte Henri fragend.

Johan antwortete nicht. Er ergriff Henris Arm und deutete nach vorn.

Weiter unten auf dem Kai sahen die Jungen das weibliche Mysterium – eine Silhouette, bewegungslos im Licht einer Straßenlaterne, die auf nasse Pflastersteine schien. Hinter dem silbernen Pflaster strömte langsam der breite Fluss, und ein Lastkahn glitt auf langen leichten Wellen ruhig dahin.

Die Silhouette war groß, hatte eine schlanke Taille und stand mit leicht herausgeschobener Hüfte da. Der Busen in der engen Bluse schien durch verborgene fließende Kräfte aus einem wehenden Umhang herausgehoben zu werden, und über den Rand einer halb heruntergelassenen Kapuze ergoss sich eine Fülle kastanienbraunen Haars. Die Erscheinung wirkte elegant, einladend, abwartend.

Johan hatte Mühe zu atmen. Von dieser stillen, fernen, weiblichen Gestalt, die schwarz gekleidet war bis auf ein dunkelrotes Band um die Stirn, das wie ein dünnes Fähnchen im Abendwind flatterte, ging ein Zauber aus, der alles, was Johan sich je in seiner Phantasie vorgestellt hatte, verblassen ließ, sogar die Schöpfungen auf der Bühne im Stadttheater.

«Hallo, Mama», rief Henri.

Henri stellte Johan dem Freifräulein Fleur vor, Floortje für ihre Freunde. «Aber ich habe keine.» Fleur streckte ihre langen Arme aus. Ihre Fingerspitzen berührten Johans Schultern. «Kinder auch nicht. Henri ist jetzt dein Bruder, wie ich höre.» Ihr Lächeln bekam ein Loch. «Viel Spaß mit meinem früheren Sohn.»

Johan machte einen Schritt zurück und starrte die dünne alte Frau, den zerfetzten und befleckten Umhang, den totenschädelartigen Kopf an. Die Hände, die herabfielen, waren Klauen. Freifräuleins Stimme krächzte. Sie zündete sich eine Zigarette an. Der Rauch löste einen quälenden Husten aus. «Nimm dich mit deiner Erkältung in Acht, Mama», sagte Henri.

«Tschüs, Mama.» Henri zog Johan mit sich fort. «Wir müssen gehen.»

Fleurs chronische Bronchitis von 1931 entsprach Johans körperlichen Beschwerden von 2001. Spröde Knochen, schmerzende Brust, der Husten, und nur Nikotin, um das nervöse Leiden zu mildern. Freifräulein Fleur hatte vielleicht Zugang zu Opium gehabt. Er hoffte es. Er hatte zum Glück Chehs Pillen. Eine weitere davon, ordentlich gekaut, vertrieb sein Missbehagen. Er seufzte zufrieden. Schwindelgefühle waren kein Problem, im Flugzeug erwartete ihn ein Erste-Klasse-Sitz.

Während Hassam, der Flughafenbegleiter, den Rollstuhl in den Sicherheitsbereich schob, durchlebte Johan noch einmal die Rotterdamer Szenerie: phantastische Nebelschleier, die in leuchtendem Grau aus dem Fluss aufstiegen, das Stampfen von Schiffsmotoren, Schwaden von Dieselrauch, der sich mit dem Parfüm der Prostituierten vermischte.

«Auf Wiedersehen, Frau van Nyenrode, war nett, Sie kennenzulernen.»

«Auf Wiedersehen, Johan. Henri, komm zurück, ich möchte dir einen Kuss geben.»

Henri winkte. «Ich muss gehen, Mama.»

Vielleicht, dachte Johan, hätte ich Henri abschütteln, zur Westerkade zurückgehen und Freifräulein Fleur einen unsittlichen Antrag machen sollen – Sex mit einem Skelett. Er hätte etwas lernen und es Dr. Finkelbaum erzählen können, während der Direktor eine weitere Kostprobe von Erik Saties Werken gab. Außerdem war Fleur nicht Rachel – es hätte keine falschen Anschuldigungen gegeben.

Aber vielleicht lieber nicht. Oft war es besser, sich Sex vorzustellen, als ihn zu praktizieren, dachte er, während er die Fragen der Sicherheitsbeamtin beantwortete. Nein, es hätten ihm keine Fremden Päckchen gegeben. Ja, er wolle seine Heimatstadt wieder besuchen. Ja, er habe eine Greencard. Hier sei sie. Eigentlich eine braune Karte. Früher war sie grün, aber er hatte jetzt eine brandneue, die sein heutiges Gesicht zeigte, ein altes Gesicht. Die Beamtin meinte, alte Männer sähen gut aus, interessanter als in jungen Jahren, wie Clint Eastwood, alte Frauen dagegen sähen alt aus.

«Sie sehen schön aus», sagte Johan.

«Danke, Sir.»

Sie sah attraktiv aus, dachte Johan. Vierzig, schätzte er. Geschieden vermutlich. Machte diesen dummen Job gegen miese Bezahlung. Sie hätte lernen sollen, zu sparen oder am Aktienmarkt zu spekulieren. Er hatte gerade das Zehnfache ihres Jahreslohns in einer Woche verdient, indem er auf eine Baisse der Detroiter Autoindustrie setzte und jedes positive oder negative Denken vermied, das darüber hinausging.

Der Opiumrausch ließ ihn nach Rotterdam zurückschweifen, und er fragte sich, ob Nietzsche Jünger billigen würde, die sich mit der Mutter eines Freundes einließen. Nietzsche sprach gut, aber er hatte eine schlechte Erziehung, viel strenge deutsche Moral, die in sein Unterbewusstsein eingesickert sein musste. Vielleicht war der Meister am Ende deshalb krank, arm und bemitleidenswert verrückt geworden.

Die Mutter eines Freundes. Respekt vor einem Freund.

«Freunde sind wie Wolken am Himmel, Johan.» Henri sagte, er empfinde keine Dankbarkeit für irgendetwas, was die Familie Halbertsma für ihn getan habe, keine Verpflichtung. Er sei zufällig in Johans Leben geraten, nicht durch Verdienst. Das Glück kommt zu den Glücklichen. Ein guter Anarchist weiß das Glück zu nutzen.

«Aber du und ich sind Freunde?», fragte Johan.

«Wir sind jenseits davon, irgendetwas zu sein», antwortete der fortgeschrittene Anarchist, «aber weil wir beide jenseits von allem sind, sind wir gemeinsam jenseits von allem.»

Totale Freiheit gemeinsam? Alles gemeinsam versuchen?

«Mit gebotener Vorsicht, Johan. Die normalen Kerle werden eifersüchtig auf die Superkerle. Wir sind frei, aber die anderen wissen das nicht und könnten versuchen, unseren Fortschritt zu behindern.»

Leugnet Amoralität den Sinn dieses Universums?

Johan besuchte den Direktor in seinem Büro, wollte über Nietzsches Freiheiten sprechen, über die Notwendigkeit, nicht beteiligt zu sein.

«Bist du schon dort?»

«Wo ist dort, Dr. Finkelbaum?»

Dr. Finkelbaum schüttelte den Kopf. «Wenn du fragen musst ...» Er schüttelte weiter den Kopf, kam dann zu einer Entscheidung. «Also gut ... Du willst einen Rat? Versuche es hiermit. Schränke die absolute Freiheit ein. Setze sie etwas niedriger an, nur für den Fall. Versuche es mit mitfühlender Distanz.»

Johan litt unter einer extremen Depression zu jener Zeit. Während seine Mutter immer schwerer erreichbar wurde, sein Vater immer häufiger weg war, Henri die Übermensch-Theorie verfolgte und Hitler im Radio kreischte, fragte sich Johan, ob er überhaupt leben wolle.

Das war schon früher vorgekommen. Es hatte eine Zeit gegeben, da er bereit war, sein Recht zu leben für eine Kabeljausuppe zu verkaufen.

K*abeljausuppe?*», fragte Henri Johan, als er von dem Kabeljau-Vorfall hörte. «*Magst* du Kabeljausuppe?»

«Eigentlich nicht.»

Johan und Henri hatten in dem Pavillon hinter dem Haus am 's Gravendijkwal gespielt. Den Pavillon hatten sie in ein Raumschiff verwandelt, das die Milchstraße verließ und in unbekanntem Raum umherschwirrte, wo die einzigen anderen Raumwesen die Spatzen waren, die in der alten Kastanie zwitscherten. Henri hatte wie üblich vor, das Universum zu verlassen. Johan fragte sich, ob die Situation dort in irgendeiner Weise besser wäre.

«Du hattest Selbstmordneigungen, als du sieben Jahre alt warst?», fragte Henri.

Johan sagte, der Kabeljau habe mit der Sonntagsschule zu tun gehabt.

Das war lange bevor Johan Henri getroffen hatte. Helena Halbertsma war zu der Zeit noch nicht krank, und Halbertsma senior kam zum Abendessen nach Hause. Gott war im Himmel. Die Halbertsma-Bank, angeschwollen von jüdischem Flüchtlingskapital, entwickelte sich trotz der Wirtschaftskrise gut.

Für Johan als getauften Protestanten sei es notwendig, sagte der Pfarrer – und die Eltern Halbertsma stimmten zu –, die Grundlagen des Glaubens zu lernen, *um Gottes willen.*

Johan hatte Zweifel. Welcher Gott?

Gott sei gut, sagte der Pfarrer.

Johan war erstaunt über das, was er in der Sonntagsschule hörte. Wie konnte ein von einem durch und durch guten Gott geschaffener Teufel böse sein?

Gott sollte Böses hervorbringen?

Und warum ließ der Pfarrer seine Hand Johans Hemdrücken hinabgleiten und knetete seinen Hintern? Ein Handauflegeritual durch Gottes Vertreter, um den bösen Teufel zu bannen?

Was sollte überhaupt dieses gebannte Starren auf den Teufel? Hatte er irgendetwas mit den Problemen auf Mallorca zu tun, wo die Familie keinen Urlaub mehr machen konnte? War Franco ein Teufel? Oder ein Engel, der die kommunistischen Teufel bekämpfte? Waren sie vielleicht alle Teufel? Warum hielt die teuflische Kriegsführerei den heiligen Nikolaus nicht davon ab, die niederländischen Kamine hinabzuklettern, um niederländischen Kindern am fünften Dezember Geschenke zu hinterlassen? Konnten Heilige immer noch nach Spanien hinein und wieder hinaus?

Johan protestierte. Er hob ständig seinen Finger und argumentierte, verärgerte den Pfarrer, einen dicken Mann mit Speiseflecken auf der Krawatte.

Was war mit den Kosaken?

«Was soll damit sein, Johan?»

Kosaken, Soldaten mit Pelzhüten, auf Pferden, sie beschützen die Reichen, schüchtern die Armen ein.

«Hier gibt es keine Kosaken, Johan.»

Wirklich? Er dachte, es wären Kosaken, von denen Herr Levy sprach, Soldaten, die Juden niederritten und sie töteten. In Russland irgendwo.

Johan, belehrte ihn der Pfarrer, meine die holländischen Feldjäger, berittene Militärpolizei mit Bärenfellhüten.

Warum schlugen die Feldjäger die Armen mit Säbeln nieder?

«Hast du das gesehen, Johan?»

Ja. Als Johan mit seinem Vater draußen spazieren ging. Die Feldjäger hatten Mühe, die beiden gut gekleideten Spaziergänger, die sich in einen Aufstand verirrt hatten, mit ihren Pferden abzuschirmen. Die Rotterdamer Arbeitslosen schrien nach Brot. Die Feldjäger wandten Gewalt an. Leute lagen am Boden, bluteten.

Der Pfarrer meinte, dass jeder die Wahl habe. Die Armen entschieden sich dafür, arm zu sein. Gott gebe ihnen Gelegenheiten, und sie entschieden sich dafür, sie nicht zu nutzen. Dann entschieden die Armen sich, frech zu werden, es gebe so viele von ihnen, sie glaubten, in der Menge liege Stärke. Daraufhin entschieden sich die guten Leute, die auserwählte Minderheit, schweren Herzens, ihre wohlverdienten Rechte zu verteidigen, und riefen die Feldjäger.

Was Johan davon halte?

Wenn Gott ihm die Wahl gelassen hätte, dachte Johan, wäre er unter Mallorcas blauem Himmel geboren worden und nicht unter Rotterdams Regen und Nebel. Er würde ein melodiöses Französisch statt des gutturalen Holländisch sprechen. Er hätte einen Bruder (dies war vor Henri). Es gäbe keine Feldjäger, die sich wofür auch immer entschieden.

Und keinen Pfarrer, dachte Johan.

Und keine Münzen, was schade wäre.

Apropos Wahl. Johan wollte nicht mehr in die Sonntagsschule gehen, aber auf die Münzen wollte er auch nicht verzichten. Die Münzen sollte man in den Schlitz der Kollektenbüchse des Pfarrers werfen. Johan entschied sich dafür, die Münzen stattdessen in einen Verkaufsautomaten zu stecken, wo sie sich in Zuckerstangen verwandelten. Zwei ziemlich große Zuckerstangen. Eine gab er Freddie, wenn der ihm erzählte, worüber der Pfarrer gesprochen hatte, während Johan draußen wartete und Jules-Verne-Romane las.

Eine gute Abmachung, die prima funktionierte, bis Freddie beide Zuckerstangen wollte. Nein.

In Ordnung, anderthalb.

Ausgeschlossen.

Na gut. Freddie nahm seine eine Zuckerstange entgegen und erzählte Johan, dass Esau sein Recht zu leben für einen Teller Suppe verkauft habe. Was für eine Suppe? Oh, Kabeljausuppe. Richtig, nicht gerade eine Delikatesse, aber Esau war hungrig, und, zum Teufel auch, es bedeutete ihm nichts, Jude zu sein. Johan wusste nicht, dass Esau Jude war? Jeder in der Bibel war das, außer Jesus. Hatte Johan gehört, was die Deutschen mit den Juden machten? Bald würde das in ganz Europa passieren. Freddies Vater meinte, das wäre keine schlechte Sache.

«Das hat der Pfarrer gesagt?», fragte Mijnheer Halbertsma, als er prüfte, was Johan in der Sonntagsschule gelernt hatte.

Es fand ein Treffen statt, an dem Mijnheer Halbertsma, der Pfarrer, Freddie und Johan teilnahmen. Johan wurde von der Sonntagsschule ausgeschlossen. Nicht so sehr wegen der Kosaken und der Juden, sondern weil Johan sagte, sein Erstgeburtsrecht (nicht sein Recht zu leben, das hatte er falsch verstanden, aber spielte das eine Rolle?) sei ihm egal, er würde auf jedes Geburtsrecht, sogar auf seine Geburt für irgendeine Suppe verzichten, notfalls Kabeljausuppe, wenn er zufällig hungrig wäre oder auch wenn er nicht hungrig wäre, denn eine Welt, in der Kosaken Herrn Levy töten, sei keine Welt, in der er leben wolle.

Freddie sagte, auch Juden seien Menschen. Überhaupt jeder, auch Pechschwarze. Teufel noch mal.

Der Pfarrer meinte, das sei schön, solange es Freddie leid tue.

Ein bisschen leid?

In Ordnung. Ein bisschen.

Freddie konnte bleiben, kein Problem.

Es gab eine Fußnote, von der Johan damals nichts wissen konnte, die ihn aber später beunruhigen sollte: Der Pfarrer wurde 1943 in den Dünen von Hoek van Holland von der Gestapo hingerichtet, weil er ein Mitglied des holländischen Widerstands war.

Nachdem Johan im Flugzeug, in einem bequemen Erste-Klasse-Sessel sitzend und Champagner mit Orangensaft schlürfend, eine weitere von Chehs Pillen eingenommen hatte, die er der maximalen Wirkung wegen kaute, quälte ihn seine Arthritis kaum noch. In seinen Ohren sägte es nicht mehr wie in Grillennestern. Seine Kopfschmerzen verschwanden. Hohes Alter. Viele Pillen. «Es geht mir gut, meine Liebe», sagte er zu der Stewardess. Verzeihung, Hostess. Was war aus den Stewardessen geworden? Er erinnerte sich, dass sie jung und attraktiv waren. Warum wurden sie durch müde aussehende Großmütter ersetzt, die zu Hause sein und mit ihren Katzen spielen sollten?

Unternehmerische Gier, zweifelsohne. Kosten drücken,

mehr Geld aus den Trotteln von Passagieren herausquetschen. Die Göttinnen der Vergangenheit bedienten jetzt große Tiere in Privatjets. Wenn er auf Henri gehört hätte, wäre er selbst ein großes Tier geworden. Vielleicht war es dafür noch nicht zu spät – Johan könnte sich mit seinen Kreditkarten einen Platz in einem Privatjet kaufen. Er zuckte die Achseln. Trotzdem würde er noch durch einen mit unglücklichen Immigranten bevölkerten Flughafen gehen müssen. Er hatte Glück gehabt, dass er nicht unter ein landendes Flugzeug gestoßen worden war. Hatten Terroristen nicht vor ein paar Jahren einen Rollstuhl-Invaliden von einem Vergnügungsdampfer geschubst? Erkläre das dem heiligen Petrus.

«Wie sind Sie gestorben, Sir?»

«Mein Rollstuhl fiel vom Deck eines Kreuzfahrtschiffs.»

«Wie, hatte es keine Reling?»

Die Hostess fragte den Passagier, worüber er lache.

Johan und Henri, die gute Noten im Gymnasium bekommen hatten, erhielten Feriengeld von Halbertsma senior. Die Jungen nahmen einen Lastkahn rheinaufwärts, machten hier und da Station, wanderten dann ins Landesinnere. Beim Zelten übersahen sie die «Kein Zutritt»-Schilder einer deutschen Militärzone und wurden bei Tagesanbruch von Soldaten geweckt.

«Ausländer?», fragte der verantwortliche Offizier.

«Heil Hitler», sagte Henri, den Arm hebend.

«Du», sagte der Offizier zu Johan.

«Ja», sagte Johan.

«Ja, wer?»

«Ja, Herr Offizier.»

«Heil Nietzsche, Herr Hauptmann», sagte Henri.

«Heil wer?»

Henri schwang eine Rede. Über die Abschaffung der konventionellen Moralstruktur. Über Superkerle und minderwertige Kerle, Über- und Untermenschen. Über Deutsche, die führende Rasse. Über Holland, mit germanischen Wurzeln, das darauf wartete, befreit zu werden. Über Huxleys Roman *Schöne neue Welt*, nur habe Huxley das falsch verstanden. Es sei eine glänzende Idee, freie weiße Menschen an der Spitze zu haben, mit blauen Augen, wie Johan hier und der Soldat, mit dem er spreche, und er selbst, Henri. Blaue Augen, das sei gut, und Braunäugige, oh (einige der Soldaten hatten braune Augen), tut mir leid, Braun*häutige*, Olivenhäutige, Schwarzhäutige seien Sklaven, um den Übermenschen zu dienen. Sklaven, die eigentlich programmierte Untermenschen seien. *Arbeit macht frei.*

Henri lachte.

«Was ist daran so komisch?», fragte der Soldat.

«Das tut sie nicht.»

«Wer tut was nicht?»

«Arbeit. Arbeit hat nie jemanden befreit.»

«Warum sagt man den Leuten dann, dass sie das tut?»

«Weil sie dumm sind.»

«Gibt es irgendetwas, das irgendjemanden befreit?»

«Ein Krieger zu sein», erwiderte Henri. Er deutete auf die Worte, die in die Gürtelschnalle des Soldaten geprägt waren. «*Gott sei mit uns.* Gott sei mit Ihnen. Gott sei mit dem Krieger.»

Johan lauschte. All das hatte er früher schon gehört, wenn Henri in ihrem Arbeitszimmer im 's Gravendijkwal mit seinen langen Armen aufgeregt gestikulierend Vorträge gehalten hatte. «Was würden Untermenschen mit Freiheit anfangen wollen?», fragte Henri. «Benutze das Zuckerbrot und die Peitsche. Kleines Zuckerbrot. Große Peitsche. Beschäftige sie in Fabriken, auf Farmen, auf Fischerbooten, überall, wo es schwere Arbeit gibt. Benutze die Psychologie, um sie so zu programmieren, dass sie gern arbeiten. Züchte sie entsprechend. Mit wenig Hirn und viel Muskeln.»

«Das meinst du nicht ernst», sagte Johan.

Henri wedelte mit den Armen. «Aber verstehst du denn nicht? *Es ist nicht wichtig.*»

«Was?»

Henri bemühte sich verzweifelt, Johans Wall von Moral, Tradition und Ignoranz zu durchbrechen, um Nietzsches willen. «Nichts ist wichtig. Wir können tun, was wir wollen. Es gibt keine Regeln, also können wir unsere eigenen aufstellen. Wir sind *frei.*»

«Warum, Herr Hauptmann», fragte Henri jetzt den Offizier, «glauben Sie, dass wir in Ihrem ruhmreichen Land Ferien machen? Sie sind unsere Zukunft.»

«Du», sagte der Soldat zu Johan.

Johan blinzelte. Seine Brille war noch im Zelt. «Jawohl, Herr Hauptmann.»

«Was werdet ihr beiden tun, wenn ihr mit der Schule fertig seid?»

Henri wollte nachrichtendienstlich arbeiten, vielleicht bei den Feldjägern, sonst bei der städtischen Polizei in Rotterdam, irgendwo, wo er für das neue Regime von

Nutzen wäre. Johan könne wegen seiner schwachen Augen leider nicht in der Klasse der Krieger sein, aber seine überlegene Intelligenz, seine Einsichten befähigten ihn zur politischen Arbeit.

«Ja?», fragte der Offizier Johan.

Johan nickte. Sicher. Ein Armeemotorrad mit Beiwagen brachte sie zu einem Privathaus mit einer Hakenkreuzfahne an einem Mast im Vorgarten. Ein zwergenhafter Mann, der Pfeife rauchte, ließ seine ältliche Haushälterin Kaffee und Kuchen servieren. Oberst Helmut Schmidt a. D., den die Jungen mit Onkel anreden sollten, hatte Nietzsches gesammelte Werke in einem Bücherregal. Es gab ein gerahmtes Foto von Onkel mit Hitler. Es gab eine Buddhastatue. Ob seine neu gefundenen Neffen wüssten, dass die Nazi-Ideologie mit dem Buddhismus sympathisiere? Dass Buddha die illusionäre Natur des Universums, die Relativität von Gut und Böse predige? Dass Realität reine Leere, ein Ort völliger Freiheit sei? Nein, nein, kein dunkler Ort, eher strahlend, Heim der Avatare, die sich von Zeit zu Zeit inkarnierten, Avatare, erleuchtete Wesen, Engel, wenn sie so wollten, ja, einschließlich des jetzigen Führers. Ob sie wüssten, dass in diesem Moment in Berlin tibetische Mönche SS-Offiziere in Meditation unterwiesen?

Die Jungen blieben den ganzen Tag, wanderten auf dem Landgut des Obersts herum, bekamen Wildschweinkoteletts zum Abendessen serviert, hörten Wagner von einem Plattenspieler, den die Haushälterin ankurbelte. Wagner war Nietzsches enger Freund, das wüssten sie doch, oder? Gut.

Das Motorrad mit Beiwagen, von einem blonden Riesen gefahren, holte sie wieder ab. Es gab ein langes Händeschütteln. Die Haushälterin packte einen Kuchen ein. Mit Himbeeren obendrauf. Ja, sicher, sie könnten in ihrem Zelt bleiben, so lange sie wollten.

Und lasst von euch hören.

Heil Hitler.

Die Offiziere gaben ihnen Pässe, gestempelt mit Adlern und Runensymbolen. Henri war erfreut. «Das wird uns vor Schwierigkeiten bewahren.»

«Was ist mit Herrn Levy?», fragte Johan. «Und Japie Laus und Boppie Perl und Mijnheer Stibbe in Papas Bank und Finkelbaum und Rachel?»

«Rachel wandert nach Südamerika aus.» Henri wurde ungeduldig. «Japie ist ein Jammerlappen. Boppie ist fett. Mijnheer Stibbe setzt sich in Nizza zur Ruhe. Finkelbaum haben wir überschätzt, vielleicht weiß er etwas, aber er kann nichts damit anfangen.»

«Nur wir? Nur uns geht es gut?»

«Niemand verfolgt uns, Johan.» Henri wedelte mit seinem Pass. «Außerdem, wenn wir auf der Abschussliste der Nazis stünden, würden wir in England zelten.»

«Und was, wenn uns Onkel Helmut irgendwann auch dort in die Finger kriegen könnte?»

Henri zuckte die Achsel. «Amerika. Australien.» Er grinste. «Kamtschatka.»

«Wo ist Kamtschatka?»

Henri hatte den Namen auf einem Globus gesehen. Weit weg. Eine Halbinsel. Es gebe dort Fischerei, sie könnten dort Seezunge essen, es gebe Jungen, Mädchen für Johan. Es gebe alle möglichen interessanten Dinge in Kamtschatka.

Der Rhein-Lastkahn holte die Jungen bei seiner Rückkehr von der Schweiz wieder ab. Sie lehnten an ihren Rucksäcken, erfreuten sich an der rasch vorbeigleitenden Uferlinie, bewunderten mittelalterliche Burgen auf Hügelspitzen.

«Die Geschichte wiederholt sich», sagte Henri, Rauch aus einer Meerschaumpfeife paffend – ein Abschiedsgeschenk von dem verantwortlichen Offizier ihres Zeltlagers. «Die Raubritter haben wieder das Sagen, und wir sind ihre Vasallen, die sich die Handgelder teilen, Arier allesamt.»

«Nichtjüdische Kaukasier mit nordischen Zügen», protestierte Johan. «Nichts von alldem hat Nietzsche gemeint. Die Arier- / Nichtarier-Definition der Nazis ist eine künstliche Konstruktion, bequemerweise basierend auf …»

«… nichts.» Henri lächelte. «Auf Leere. Alles, was wir tun, ist, uns in der moralischen Leere zu bewegen. Wir können unser eigenes Dogma präsentieren. Was immer uns Superkerlen passt.» Henri füllte seine Pfeife nach, nahm sich Zeit, sie anzuzünden. «Und in der Zwischenzeit genießen wir die Szenerie.» Er deutete auf springende Fische. «Schau, Meerknaben.»

«Meerjungfrauen», sagte Johan.

Henri paffte. «Was immer dir passt.»

«Es passt mir nicht, ein Nazi zu sein.»

«Wir werden nichts sein», sagte Henri. «Ich werde ein Nichts sein, dass als Polizist posiert, und du wirst ein Nichts sein, das vorgibt, ein Bankier zu sein.»

«Bankiers sind Kapitalisten. Die Nazis sind gegen sie.»

«Gegen Geld?», entgegnete Henri.

Es begann zu regnen, und der Kapitän bat sie in seine Kabine. Er sprach von Deutschland, dass die Lage sich aufhelle, mehr Fracht, bessere Preise. Hitler bringe die Wirtschaft auf Vordermann, der neue Glaube bewirke Gutes für *Großeuropa*. Dem Kapitän gefiel der Klang des Wortes. Keine Verzögerungen mehr an den Grenzen, keine Gebühren mehr fürs Geldwechseln. Lasst uns alle Deutsch sprechen, wie wär's? Spart uns die Wörterbücher.»

«Und die Königin?», fragte Johan. «Die Fahne?»

Der Kapitän zuckte die Achseln.

«Wir werden immer am Geburtstag der Königin in unseren Holzpantoffeln tanzen», meinte Henri.

Der Kapitän hatte zufällig eine Seezunge auf Eis. Sie aßen sie an jenem Abend, von Johan nach Halbertsma'scher Tradition gebraten, und schauten zu, wie weitere Räuberburgen vorbeiglitten.

Die Familie, einschließlich Martel und Kaetie, nahm an der Feier zum Abschluss von Henris Ausbildung und zu seiner Ernennung zum Hilfsinspektor der Polizei teil, bei der er einen Stern auf jede Schulter erhielt. Der Bürgermeister von Rotterdam steckte Henri ein Rangabzeichen an die Brust. Die Polizeikapelle spielte einen Marsch, während die Absolventen vorbeizogen.

«Ich sehe nur Arier», sagte Johan, nachdem die Trinksprüche ausgebracht worden waren.

«Arier?»

«Keine Juden, nur Europäisch-Kaukasier mit nordischem ...»

Warum, unterbrach Henri, bemerke Johan nicht, dass auch keine Papuas unter den Polizeiabsolventen seien? Oder Kandidaten irgendeiner anderen rassischen Herkunft? Was mache das überhaupt für einen Unterschied? Henri, in strahlender Galauniform, mit glänzenden Augen, trank auf die Unterwürfigkeit aller Menschen, einer Spezies, die er persönlich verachte. Die er sich aber trotzdem zunutze machen wolle. Arier oder Sonstige. Alles normale Kerle, dumm, faul, Verfechter der Moral. «Arschlöcher der Welt, vereint euch», flüsterte Henri. «Ihr habt nichts zu verlieren als eure Ärsche.»

«Bist du sicher, dass du nicht selbst ein Mensch bist?», fragte Johan.

«Ich tue so, als ob», antwortete Henri. Und er habe viel Spaß dabei, als Arier in Arierland zu posieren. Obwohl er es vorziehen würde, so zu tun, als sei er ein Grieche in Griechenland. Im antiken Griechenland. Die modernen Moralvorstellungen verboten offene Homosexualität. Nun ja, sein Schwulsein zu verheimlichen vergrößere den Spaß, man muss die Umwelt nicht vor den Kopf stoßen. Sie ist, wie sie ist.

Henri, sich an Johans Schulter festhaltend, wurde ernst. Er erzählte Johan, dass er Einsicht in die Unendlichkeit habe, dass er tatsächlich wisse, dass er kein Mensch sei, dass er Teil der höheren Wirklichkeit sei, der Nietzsche'schen Nichtheit, dass er aber vorläufig nicht die Absicht habe, seine vorübergehende Gestalt zu verlassen.

Henri wurde wieder unernst. Haha. Es gebe gewisse Freuden, auf die er, seine menschliche Rolle spielend, ein Recht habe. Die er nicht, haha, für einen Teller Kabeljausuppe eintauschen würde wie *manche* Leute.

Es gab weitere Vorkriegsreisen nach Deutschland.

Onkel Helmut besuchte mit Henri und Johan eine Ausstellung, die von den Nazis als «entartete Kunst» verdammt wurde, mit Gemälden von Klee, Kandinsky, Chagall und Grosz, die verkehrt herum oder schief aufgehängt und auf einer viel zu kleinen Wandfläche zusammengedrängt waren. Das überwiegend uniformierte Publikum lachte und johlte. Ein Ölbild von Chagall zeigte eine rote Seezunge, die in einem orangen Meer unter einem blassblauen Himmel schwamm, wo ein verschwommener Planet, einem Teller ähnlich, von wolkigen Linien flankiert wurde, die vage einer Gabel und einem Messer glichen. «Unser Lieblingsgericht», sagte Henri. Anschließend nahm Onkel Helmut seine Gäste in ein Fischrestaurant mit. Seezunge war die Spezialität des Lokals.

Der Krieg brach aus, dauerte fünf Tage, die Okkupation begann. Johan machte einen Abschluss in Ökonomie. Sein Vater lud ihn zum Mittagessen in den Jachtclub ein.

Die Dinge hatten sich geändert. Helena Halbertsma wurde als unheilbar geisteskrank in eine Irrenanstalt eingeliefert und zuletzt gesehen, als sie den geschlossenen Güterwagen eines Deportationszugs in Richtung Osten bestieg. Wer braucht die Verrückten, die Zurückgebliebenen, Schwachsinnigen, Zigeuner? Herr Levy wohnte eine Weile in der Villa am 's Gravendijkwal, versorgt von Kaetie und Martel, bis er starb. Durch einen Unfall, wie Johan den Mädchen erzählte, als er allein nach Hause kam. Halbertsma senior erlitt einen Schlaganfall und zog in ein Altenheim in dem elitären Vorort Kralingen. Henri und Johan kauften ein ehemaliges Lagerhaus am Hafen, polierten es auf, lebten behaglich, genossen die Aussicht.

Johan verkaufte die Halbertsma'sche Villa, der neue Eigentümer benutzte sie als Bordell für Besatzungsoffiziere. Mijnheer Stibbe, Vizepräsident der Halbertsma-Bank, erhängte sich in seinem Büro. Nachdem Johan den ausgefransten Strick durchgeschnitten hatte, übernahm er im Namen seines Vaters die Geschäfte. Henri wurde in Rekordzeit zum Oberinspektor befördert, zum höchsten Verbindungsoffizier zwischen den Gesetzesvollzugsbehörden der Niederländer und der Besatzung. Er half bei der Verhaftung von Widerstandskämpfern und manchmal bei ihrer Freilassung oder falls nötig bei ihrer Flucht.

Es gab keinen Meeresfisch mehr, aber hinter dem Seniorenheim in Kralingen befand sich ein Teich, und Mijnheer Halbertsma und seine Freunde hatten *Grondeltjes* geangelt. Winzige, dicht mit Dornen besetzte Fische, die der Jachtclub-Koch in schwimmendem Industriefett buk, einer weißen Substanz, die auf Schiffswerften als Schmiermittel diente und von einem Chemiker des Städtischen Krankenhauses für essbar befunden wurde.

Johan sagte, die *Grondeltjes* schmeckten ihm, ja, eine

Delikatesse, auch die gedünsteten Zuckerrüben und die gekochten Tulpenzwiebeln, nicht übel, wirklich gar nicht übel.

Vater und Sohn sprachen über jüdische Konten in der Bank, die heimlich mit nichtjüdischen Namen versehen worden waren, um eine Konfiszierung zu vermeiden.

«Henri hat dabei geholfen?», fragte Mijnheer Halbertsma.

«Gegen Bezahlung», sagte Johan.

«Nehmen wir einen Prozentsatz für unsere Mühe?»

«Nein», sagte Johan.

Mijnheer Halbertsma wusste, dass die Bank aufgrund der schwachen Wirtschaft Geld verlor. Sich bei Kunden, die wahrscheinlich nie wieder auftauchten, zu entschädigen würde die Dinge in Gang halten.

«Warum belasten wir dann nicht die Konten, Johan?»

«Sollten wir das, Papa?»

Mijnheer Halbertsma machte sich nicht allzu viele Gedanken darum. Er war allein, er spielte gern Schach mit den anderen Heimbewohnern, er ging während der Sperrstunde spazieren, war festgenommen und wieder freigelassen worden. Ein alter Mann mit einem Stock. Er sei, so sagte er zu Johan, am Ende seiner Träumerei angelangt.

«Du hast eine Zukunft, Johan. Was ist mit dem passiert, was unsere jüdischen Freunde in ihren Safes zurückgelassen haben?»

Johan war Mijnheer Stibbes Vorschlag gefolgt und hatte die Wertgegenstände vergraben – in eindeutig markierten Stahlzylindern, damit der Inhalt leicht ihren Eigentümern zuzuordnen wäre.

«Gold? Juwelen?», fragte Mijnheer Halbertsma.

«Auch Bilder, zusammengerollt.»

«Niemand wird zurückkommen, Johan. Die Juden werden da draußen getötet.»

«Es wird Erben geben», sagte Johan. «Kinder sind versteckt worden. Boppie ist mir auf der Straße über den Weg gelaufen. Sie hat abgenommen, sich das Haar gefärbt.»

«Du bist ein guter Junge», sagte sein Vater.

Johan protestierte. Er wolle keineswegs gut sein. Er mache seine Arbeit so gut wie möglich, aber nur um der guten Arbeit willen, verdammt.

«Unbeteiligt», sagte Johan. «Bitte.»

Mijnheer Halbertsma lächelte. «Das hast du von Henri, nicht wahr? Henri sollte lieber aufpassen, jetzt, wo sich das Blatt wendet.»

«Henri wird mit dem Strom schwimmen», sagte Johan.

«Und du?»

«Ich auch.»

«In dieselbe Richtung?»

Johan starrte auf seinen Teller.

«Iss deine *Grondeltjes*», sagte sein Vater.

Johan versuchte es. Er war besseres, von Henris Besatzungskontakten geliefertes Essen gewöhnt.

Während der Besatzungszeit kauften Johan und Henri also ein leer stehendes Lagerhaus mit Blick über den Hafen und polierten es auf. In früheren Tagen hatte das Gebäude als Umfüllstation für russischen Kaviar gedient, der in Fässern hereinkam und in Gläsern wieder hinausging. Eine Plattform am Wasser hatte früher einen Kran getragen, mit dem Lastkähne entladen wurden, die unten vertäut waren.

Henri hatte seine Räume weiter oben in dem Haus, wo er diskrete Schwulenpartys gab. Johan, in dem Stockwerk darunter, zog ein ruhiges Leben vor und war meistens allein. Henri kam mit einer in Zeitungspapier gewickelten Seezunge und einer Flasche Genever nach unten. «Abendessen, Johann. Ich backe den Fisch, du deckst den Tisch.»

Die Seezunge war klein, und es gab keine Zitrone, nur Petersilie, die Johan in Töpfen auf der Plattform zog.

«Gestatten Sie, Mijnheer», sagte Henri, einen Kellner imitierend, als er elegant servierte, «dass ich Ihren Fisch filetiere.» Dann mit seiner eigenen Stimme: «Ach ...»

Henri setzte abrupt den Teller ab.

«Wann hast du das aufgehängt?» Er starrte auf ein Gemälde, das über Johans Klavier hing. Das Gemälde zeigte eine abstrakte hellrot bis orangefarbene Seezunge, die in einem cremefarbenen Raum schwebte, unter einem durchsichtigen silbernen Teller, flankiert von einem halb transparenten Messer und einer ebensolchen Gabel. Ein breiter Rahmen aus dickem lasiertem Pinienholz verlieh dem Bild ein dreidimensionales Aussehen.

«Ich habe es heute Morgen aufgehängt», sagte Johan. «Sieht aus, als ob der Krieg so gut wie vorbei ist. Wir können uns wieder ansehen, was uns gefällt.»

«Gefällt dir das Bild?», fragte Henri.

«Ja, dir nicht?»

Henri zuckte die Achseln. Vielleicht. Er sagte, er habe nie einen Sinn für moderne bildende Kunst entwickelt. Oder für ausgefallene Musik, wie die Satie-Stücke, die

Johan immer zu spielen versuche. Vielleicht später … Das bedeute aber nicht, dass Johan nicht … Er beendete seine Sätze nicht.

Henri starrte weiter die Chagall-Seezunge an. «Du hast sie aus Herrn Levys Haus mitgenommen, nachdem er gestorben war?»

«Herr Levy hat sie mir geschenkt, bevor er starb», erwiderte Johan.

«Ach», sagte Henri.

Johan schob seinen Teller weg. «Du hast sie ihm gegeben, erinnerst du dich? Aber es war kein Geschenk. Du hast das Bild benutzt, um ihn milde zu stimmen, damit du seinen Beutel Goldmünzen bekamst im Tausch für das Versprechen, ihn zu beschützen. Du hast Herrn Levy den Chagall verkauft, den Onkel Helmut dir gab. Onkel verstand damals nicht, warum du ihn haben wolltest. Weil er *entartet* sei? Und du sagtest, du wolltest ihn holländischen Sympathisanten zeigen. Um ihnen zu erklären, was *entartete* Kunst bedeutet.»

Johan hatte seine Stimme erhoben.

«Ja», sagte Henri.

«Die Übermenschen-Methode?», fragte Johann. «Würdest du es so nennen? Einen alten hilflosen Mann übers Ohr hauen, einen Freund der Familie?»

Henri erhob ebenfalls seine Stimme. «Du wirst jetzt nicht anfangen zu moralisieren, nicht nach allem, was wir durchgemacht haben. Ich bin froh, dass du das Bild hast. Es wird bald einiges wert sein. Iss deinen Fisch, Johan, die Kriegsmarine hat ihn uns geschenkt. Hilf mir, optimalen Gebrauch von den gegenwärtigen Umständen zu machen. Die Stadt hungert, und ich habe gut für uns gesorgt. Gesundheit.» Er prostete dem Gemälde zu. «Gesundheit, Onkel Helmut, Gesundheit, Herr Levy.»

Johan trank.

Bien surpris de se trouver ensemble. Henri lachte. «Wir leben weiter dank ihnen. Dank einem Nazi und einem Juden.»

«Onkel Helmut ist tot?»

Das glaubte Henri zumindest. Er habe eine Weile nichts von ihm gehört. Onkel sei deprimiert gewesen: die Invasion, der Anschlag auf das Leben des Führers, der Ansturm der Russen, die rasenden Feuer, die seine Heimatstadt Dresden zerstörten, und nichts als ein paar Bücher von Nietzsche, nicht allzu gut verstanden, und ein Stapel Wagner-Schallplatten als Hintergrundmusik, um seine versagenden Theorien zu stützen. Das letzte Mal, als Henri mit dem Oberst sprach, habe dieser über blutende Magengeschwüre und unerträgliche Schmerzen geklagt, die weder durch Alkohol noch durch Nikotin mehr zu lindern gewesen seien.

Johan hob sein Glas. «Auf Onkel Helmut.»

«Auf Herrn Levy», sagte Henri. «Du hast mir nie erzählt, wie Herr Levy gestorben ist.»

«Interessiert es dich?»

«Natürlich», sagte Henri.

«Du hattest ihm Schutz versprochen», sagte Johan. «Er vertraute dir. Er gab dir sein Gold. Er dachte, das Gemälde sei symbolisch gemeint: Chagall, ein Jude; der Fisch auf dem Gemälde, mit dem Fisch hatte er seinen Lebensunterhalt verdient; das Gold garantierte seine Sicherheit, du warst die Polizei.»

«Was ist passiert?», fragte Henri.

Da war der Tag fast fünf Jahre zuvor, als die Luftwaffe die Stadt bombardierte. Johan und Henri waren zu Hause und beobachteten die Junkers 52.

«Halloooo», riefen Martel und Kaetie, den Fliegern zuwinkend, «ihr seid unser Volk. Tut das nicht!»

Herr Levy kam zum Essen an jenem Abend und blieb über Nacht.

«Du erinnerst dich?», fragte Johan.

«Ja, sicher.» Henri füllte die Gläser nach. «Warum ist er also gestorben? Hast du ihn umgebracht? Zu viel Unannehmlichkeiten? Ein Jude im Haus?»

«Nein», sagte Johan.

Sie tranken weiter, machten hier und da ein paar Bemerkungen, um Szenen aus der Vergangenheit zum Leben zu erwecken.

Da war der Tag, an dem Polizeiinspektor Henri Halbertsma für seinen Einsatz während des Fünftagekriegs eine Tapferkeitsmedaille erhielt.

Eine weitere Party. Der Major war da und ein paar deutsche Offiziere. Johan nahm Henri beiseite.

«Hast du Onkel Helmut erzählt», fragte Johan, «wo sich die Königlich Niederländischen Kampfflugzeuge befanden? Wie kommt es, dass sie nicht in der Luft waren und die Junkers abschossen? Niederländische G-2. Mit zwei Schwanzflügeln und angeblich schneller als alle Messerschmitts und Heinkels. Hast du Sabotage an den Motoren verübt?»

Aber Henri hatte nichts mit Herrn Levys Tod zu tun.

«Was passierte also, Johan?»

Johan musste Henri den allgemeinen Hintergrund in Erinnerung rufen: Die Nazis brauchten während der Okkupation einige Zeit, um den Minderheiten-Exodus zu organisieren. Obwohl fast jede Woche Güterzüge den Hauptbahnhof verließen, lebten immer noch ein paar Juden in der Stadt. Sie trugen Sterne an der Brust. Henri Halbertsma wurde zum Inspektor Erster Klasse, Verbrechensbekämpfung, befördert. Er ging in der Ortskommandantur ein und aus. Er tat, was er tun musste, erwies Gefälligkeiten, verhandelte, rettete manche, verhaftete andere.

Japie Laus verließ mit seinen Eltern in einem Viehwaggon die Stadt, Dr. Elias Finkelbaum und seine Frau Simone wurden tot im Bett aufgefunden.

Herr Levy schloss den Fischladen. Die Beine des alten Mannes waren schwach, er stützte sich auf Johans Arm, wenn er einen Spaziergang machte. Herr Levy trug einen gelben Stern an seinem Mantel und einen langen breiten Schal, der ihn verbarg. Er lebte im Halbertsma'schen Haus, versorgt von Martel und Kaetie. Johan und Henri wohnten bereits in ihrem Lagerhaus am Hafen. Johan sah täglich bei Herrn Levy vorbei, indem er zu Fuß über die Willems-Brücke zum 's Gravendijkwal ging. Es gab keine Transportmittel, deutsche Soldaten beschlagnahmten Fahrräder, kontrollierten Ausweise. Herr Levy war sich des Risikos bewusst, das Johan einging, und schenkte ihm den Chagall. Johan erkannte die rote Seezunge und den silbernen Teller, der im Raum schwebte. «Hat Henri Ihnen das gegeben?»

«Im Tausch», sagte Herr Levy, «gegen mein Gold. Er wird auf mich aufpassen. Wie geht es ihm? Ich sehe ihn gar nicht mehr. Geht es ihm gut?»

«*Was?*»

Herr Levy legte einen langen Finger an seine Lippen. «Mach Schabbes davon. Schalom, Johan. Frieden.»

«Ja», sagte Henri. «Du musst mir das nicht alles erzählen. Wie ist er gestorben?»

«Ich bin dabei, es dir zu erzählen», sagte Johan. «Hör zu.»

Sonntagmorgen, Zeit für Herrn Levys Spaziergang. Dem alten Mann fiel das Gehen schwer. Es gelang ihnen, die Westerkade auf der anderen Seite des Parks zu erreichen. Es hatte zuvor geregnet, die Pflastersteine glänzten in der späten Vormittagssonne, deren Strahlen schräg über den Fluss fielen.

Wo einst Henris Mutter gestanden hatte, marschierten uniformierte niederländische Nazis im Stechschritt, verbeugten sich, klatschten mit den Händen auf ihre Schenkel, salutierten zum Rhythmus einer Schnarrtrommel.

«Wo ist Ihr Hut, Herr Levy?», fragte Johan.

Herr Levy war beunruhigt – er brauchte seinen breitkrempigen Hut. Wo war er? Vielleicht war er heruntergefallen, als er die Nazis marschieren sah. Rat-tat-tat, rat-tat-tat. Herr Levy versuchte mit der kleinen Trommel und den jungen Männern, die in ihren schicken schwarzen Uniformen auf und ab marschierten, mitzuklatschen.

Johan entdeckte den Hut auf den Pflastersteinen. Er ließ Herrn Levy auf einer Bank hinter den Wacholderbüschen Platz nehmen, während er auf den Kai ging, um den Hut zu holen. Er hörte Herrn Levy hinter sich rufen.

Herr Levy war auf den Kai hinausgetreten und imitierte die Nazis, er war ein Nazi-Clown, marschierte ebenfalls im Stechschritt, klatschte mit den Händen auf die Oberschenkel. Er hielt seinen Schal hoch, damit sie seinen gelben Stern sehen konnten, auf dem in großen schwarzen Buchstaben das Wort JUDE stand.

Johan sah zu, wie Herr Levy mit dem Kopf nach unten fortgeschleppt, an Händen und Füßen gepackt und geschwungen wurde – een, twee, *drie*, platsch.

Die jungen Männer wollten sich auch Johan holen, aber der zeigte ihnen seinen Pass, ausgestellt von Henris Büro, gegengezeichnet von der Ortskommandantur, mit einem Hakenkreuz und einem Adler.

«Sie kannten den Juden?», brüllte der Staffelführer, von der Anstrengung noch keuchend.

«Nehmen Sie Haltung an, wenn Sie mit mir sprechen», schnauzte Johan. «Keeehrt gemacht … Aaab-teilung … *marsch*!»

Die niederländischen Nazis marschierten davon.

Henri fand das komisch.

«Herr Levy ist also ertrunken», sagte Henri. «Ich träume manchmal vom Ertrinken. Am Anfang ist natürlich die Angst da. Der Kampf. Damit muss man fertig werden. Aber der Rest ist einfach. Befreit einen von den Dingen.»

Ein Jahr später betrachteten Johan und Henri den Fluss von der Ladeplattform vor dem Lagerhaus, das ihr Zuhause war. Der Park jenseits des Flusses glühte in herbstlichen Farben. Ein deutscher Offizier, in Shorts und Trikothemd, ruderte ein hübsch lackiertes, vom Königlichen Ruderklub konfisziertes Skiff. Seemöwen standen gegen den Wind ausgerichtet da, Blaureiher gingen mit raschen Schritten auf dem Anleger hin und her. Ein Falke auf Fischjagd tauchte. Ein deutsches Patrouillenboot brauste mit der Strömung vor alliierten Flugzeugen davon, die eine Werft flussaufwärts bombardierten.

Mit dem Tafelwein waren sie fertig, nun schenkte Henri aus dem Geneverkrug ein.

«Ein Verdauungsschnäpschen, Johan.»

Der Sonnenuntergang wurde intensiver, mit unerhörten Farben auf niedrigen Wolken, breiten Bändern aus Orange und Rot, wie die Chagall'sche Seezunge. Silberwolken tauchten auf, manche waren rund wie Teller, andere blassblau und wie Messer und Gabeln geformt.

Johan erkundigte sich nach dem Gold, das Henri von Herrn Levy bekommen hatte.

Henri torkelte nach oben in seine Räume und kam mit einem Leinenbeutel zurück, den er auf dem Tisch ausleerte. Da waren Zehnguldenmünzen, die die Königin Wilhelmina als Kind mit langem Haar zeigten. Andere Münzen kamen aus Deutschland, mit kaiserlichen Profilen, bärtig, scharfnasig, unter Spitzhelmen.

«Gold», sagte Henri, «ist das einzig wirkliche Geld. U-Boot-Kapitäne erzählten mir, dass sie ihren Versorgungsbedarf in Spanien, Irland, Südamerika, überall mit Gold bezahlen mussten. Übermenschen benutzen Gold. Es wird uns gut gehen, wenn der Krieg vorüber ist. Wir werden dies als Sicherheitswährung benutzen. Du als Bankier, ich als Krieger, der den Rahm abschöpft.»

Johan erinnerte sich an eine Episode aus der Zeit, als

sie noch Jungen waren. Helena Halbertsma hatte sie mit aufs Land genommen, ihnen Eiskrem gekauft und dem Eisverkäufer ein zu großes Trinkgeld gegeben. Henri war zurückgegangen und hatte mehr Eiskrem erpresst. «Ist schon mit dem Trinkgeld bezahlt.»

Erpressung der Untermenschen. Tausch von Nietzsches Amoral gegen Unmoral, von göttlichem Unbeteiligtsein gegen einen Tisch voll goldener Wilhelminas mit herabfallendem Haar.

Judasmünzen.

Henri war nach draußen auf die Plattform gegangen, um den gewaltigen Sonnenuntergang besser genießen zu können. Johan folgte.

Henri, betrunken, rutschte auf der metallenen Plattform aus, fiel hintenüber, rollte zum Rand hin. Eine Stahltrosse, die einst den Kran gesichert hatte, der Kaviarfässer aus den Lastkähnen hievte, schlang sich um seinen Stiefel. Henri stürzte von der Plattform, drei Meter tief, und baumelte mit dem Kopf nach unten.

Er kam noch einmal hoch, sich an die Trosse klammernd. «Zur Unendlichkeit», rief Henri.

«Und darüber hinaus», rief Johan.

Das war lustig, fand Johan.

«Hilfe», schrie Henri.

Nein, nein, dachte Johan. Henri spielte jetzt nicht das Spiel. Beteiligt, wo er unbeteiligt sein sollte. Losgelöst, während er feststeckte. Wie hatte Nietzsche das noch formuliert?

Hätte Johan Henri aus dem Fluss ziehen können? Das war die Frage, die nie beantwortet wurde. Weil Johan es nie versucht hatte.

Am nächsten Morgen war Henri nur undeutlich zu sehen, unter Wasser, am Ende der Trosse, von der Strömung westwärts gezogen.

Johan fand eine Metallsäge und machte sich an die Arbeit. Ritze-ratze, ritze-ratze. Es war eine dicke Trosse, und die Säge wurde stumpf, aber Johan fuhr beharrlich fort.

Die Trosse riss, Henris Leiche schwamm davon. Zeit verging, Johan verkaufte die Bank und zog nach New York.

Und kam nach Rotterdam zurück.

Ritze-ratze.

Jemand unter dem Balkon seines Hotels sägte Metall. Er konnte den Mann nicht sehen. Weiter entfernt auf dem Fluss zogen Fischer Aalreusen, eine Krähe flog an seinem Fenster vorbei, Lastkähne wurden von einem Schlepper geschoben.

Johan lag im Bett, neben ihm stand ein Infusionsapparat, aus dem Morphium in eine Vene in seinem Arm tropfte.

Es geschieht, wenn es geschieht.

Er hatte Krebs vermutet, was von Tests im Krankenhaus auf der anderen Seite des Flusses bestätigt wurde. Nichts Besonderes in seinem Alter. Wie praktisch, sagte er zu dem Arzt, dass dies die Niederlande seien. Euthanasie. Ob er bitte ein paar Pillen haben könne.

So einfach war das jedoch nicht. Die Niederlande haben eine Bürokratie, Formulare, die auszufüllen sind, eine zweite Meinung, der Patient muss einen Anwalt aufsuchen, Verwandte müssen gefunden und befragt werden, vielleicht ein Priester, ein Notar, das alles braucht Zeit.

Macht nichts, sagte Johan. Er habe verstanden, dass sich ein rasch wachsender Tumor unten an seiner Wirbelsäule befinde und bald Schmerzen verursachen werde.

Und Lähmungserscheinungen, sagte der Arzt.

«Etwas gegen die Schmerzen?», fragte Johan. «In der Zwischenzeit? Während wir die Formulare ausfüllen, sie wegschicken, warten ... wie lange?»

«Zwei Monate», antwortete der Arzt.

Der Arzt schlug Pflaster vor, große morphiumgetränkte Pflaster, und Bestrahlung, um den Tumor zum Schrumpfen zu bringen. Ein paar Besuche im Krankenhaus, vielleicht ein kurzer Aufenthalt, mehrere kurze Aufenthalte.

Johan dachte eher an eine Infusion in seinem Hotelzimmer, eine an einem Ständer auf Rädern befestigte Flasche mit einem Tropfmechanismus, er hatte das irgendwo gesehen, in Amerika, am Bett eines Freundes.

«Wir sind hier nicht in Amerika», sagte der Arzt.

Das gab Johan zu. Er war in Rotterdam, seiner Heimatstadt mit der Bürokratie. Aber er bat doch nur um etwas gegen die Schmerzen. Wissen Sie? Schmerzen.

«Nur gegen die Schmerzen», sagte der Arzt.

Da war das Gerät nahe an seinem Bett und tropfte Morphium in seine Vene. Es hatte eine Wählscheibe mit einer roten Linie, die unter gar keinen Umständen überschritten werden durfte. Das verstehe Johan doch, fragte der Arzt.

«Absolut», sagte Johan. «Vorsicht vor der roten Linie. Auf dieser Seite bleiben. Niemals auf die andere Seite. Das wäre der Tod.»

«Ich bin nicht autorisiert, Ihnen über die Schwelle zu helfen», sagte der Arzt. «Nicht, bevor die Genehmigung da ist. Bevor die Papiere da sind. Zwei Monate, wie gesagt. Ich kann Ihnen inzwischen eine Pflegerin besorgen. Das ist teuer, aber unter den Umständen ...»

«Richtig», meinte Johan, man solle optimalen Gebrauch von den Umständen machen, aber er brauche nicht die Hilfe einer Pflegerin, um eine Wählscheibe zu drehen.

«Nur für einen Tag.»

«Solange sie hübsch ist.»

«In Ordnung», sagte der Arzt. «Aber unter keinen Umständen über diesen Strich hinaus drehen, Sie sehen die Linie? Lassen Sie mich Ihnen Ihre Brille geben.»

Unter keinen Umständen. Nietzsche, dachte Johan, kam Nietzsche entgegen. Keine Umstände, die in der bestmöglichen Weise zu nutzen waren. Er würde sich selbst in die amoralische Leere wählen. Gut und Böse hinter sich lassen. Aus der strengen niederländischen Struktur reglementierter Toleranz ausbrechen.

Die rote Linie auf der Wählscheibe des Infusionsgerätes zu überschreiten wäre unmoralisch, unethisch. Nach wessen Maßstäben?

Es blieben ihm noch ein paar Tage.

Er schrieb eine Nachricht an die Rezeption des Hotels, dass sie seinen Totenschein an Elias Finkelbaum jr., seinen Anwalt in Manhattan, schicken sollten, um sein Testament zu vollstrecken. Das Testament war einfach:

Alles außer dem Chagall sollte an den Naturschutz gehen. Nicht dass er sich diesbezüglich viel Hoffnungen machte. Der Globus würde sich weiter erwärmen, die menschliche Plage sich vermehren, gefährdete Tierarten würden aussterben, die nicht gefährdeten bald folgen. Es war nur eine Geste. Den Chagall sollte das Museum of Modern Art erhalten.

«Sie sind ein guter Mann», sagte der junge – na ja, jetzt auch nicht mehr so junge – Finkelbaum am Telefon. «Mein Papa hätte das zu schätzen gewusst.»

Bitte, kein guter Mann. Johan wollte erklären, was es mit der Idee des Distanziertseins, mit Nietzsche, mit der Symbolhaftigkeit von Henris Tod und dem von Herrn Levy auf sich habe, wollte dem jungen Finkelbaum sagen, dass nichts davon wichtig sei, ihm erläutern, was frei sein bedeute und so weiter, ließ es dann aber bleiben. Der junge Finkelbaum war religiös. Er ging in die Synagoge, saß an den Samstagen herum. Er spielte keinen Satie. Außerdem war die Verbindung schlecht.

«Vielen Dank, Elias.»

«Passen Sie auf sich auf», sagte Rechtsanwalt Finkelbaum.

Das tat Johan. Er ließ sich gebratene Seezunge auf sein Zimmer servieren. Zwei Seezungen. Niederländische Nordsee-Seezungen sind heutzutage klein, große sind selten. Er gab ein zu üppiges Trinkgeld. Der Kellner füllte sehr kalten, fast sirupartigen Genever in ein tulpenförmiges Glas mit einem zerbrechlichen hohen Stiel.

«Nimmermehr.» Johan prostete der Krähe zu, die auf dem Balkongeländer saß und ihn mit schief gelegtem Kopf anstarrte. Er hätte einen Raben vorgezogen, aber

Raben sind in den Niederlanden ausgestorben. Polnische Raben wurden eingeführt und flogen wieder nach Hause.

«Nimmermehr, Krähe. Tut mir leid, dass wir den Planeten versaut haben. Ich komme nicht zurück. Viel Glück.»

Johan zündete sich eine kubanische Zigarre an – eine Sünde in Amerika, legal in den Niederlanden. So viel zur Moral.

Ach, das hätte ich beinahe vergessen ... Er stand auf und hängte das «Bitte nicht stören»-Schild außen an die Tür, schloss sie sorgfältig ab, legte die Kette vor.

Wieder im Bett, seufzte er zufrieden und drückte die Zigarre aus. Nicht nötig, ein tadelloses Hotel niederzubrennen.

Sein Finger drehte die Wählscheibe der Infusionsapparatur entschlossen über die rote Linie hinaus. Die Krähe war verschwunden, was gut war. Er hatte das Bedürfnis, auf einen leeren Himmel zu sehen. Er räusperte sich, sprach mit fester Stimme: «Zur Unendlichkeit.»

Er flüsterte das Ende des Mantras. «Und darüber hinaus.»